大豆田とわ子と三人の元夫

1

坂元裕二
Yuji Sakamoto

河出書房新社

contents

＊用語について
N＝ナレーション

大豆田とわ子と三人の元夫

大豆田家

とわ子と八作の娘

大《おお》豆《まめ》田《だ》 唄《うた》

豊嶋 花

しろくまハウジング社長

大《おお》豆《まめ》田《だ》とわ子《こ》

松たか子

とわ子の父親

大《おお》豆《まめ》田《だ》旺《おう》介《すけ》

岩松 了

しろくまハウジング

とわ子の親友

綿《わた》来《らい》かごめ

市川実日子

とわ子の良きアドバイザー

六《ろく》坊《ぼう》 仁《じん》

近藤芳正

とわ子の後輩

松《しょう》林《りん》カレン

高橋メアリージュン

人物相関図

とわ子の元夫

1番目の元夫

レストラン「オペレッタ」オーナー兼ギャルソン

田《た》中《なか》八《はっ》作《さく》

松田龍平

2番目の元夫

ファッションカメラマン

佐《さ》藤《とう》鹿《か》太《た》郎《ろう》

角田晃広

3番目の元夫

しろくまハウジング　顧問弁護士

中《なか》村《むら》慎《しん》森《しん》

岡田将生

八作の親友の彼女

三《み》ツ《つ》屋《や》早《さ》良《ら》

石橋静河

鹿太郎が出会う女優

古《ふる》木《き》美《み》怜《れい》

瀧内公美

慎森が公園で出会う女性

小《こ》谷《たに》　翼《つばさ》

石橋菜津美

デザイン　坂野公一＋節丸朝子（welle design）

大豆田とわ子と三人の元夫 1

第1話

1　通り（朝）

ジャージ姿で歩いている大豆田《おおまめだ》とわ子《こ》（40歳）。

N「これ、歩いている大豆田とわ子」

少し歩きづらそうだ。

N「靴の中に小さい石が入ってしまった」

片足をちょっと振りながら歩く。

N「靴の中に入った小さい石を靴を脱がずに取り出そうと試みている大豆田とわ子」

2　代々木公園《よよぎこうえん》

ラジオ体操をしているグループの隅にとわ子。

体をねじる運動で、みんなと左右が合わない。

N「体をねじる運動のところがいつも人と合わない」

体を回す運動のところもみんなと逆に回ってしまう。

N「ここも合わない」

何とか合わせようとして、変になっている。

3　おしゃれなパン屋

ラジオ体操の帰り、パン屋に入ったとわ子。

N「おしゃれなパン屋にジャージで入れる大豆田とわ子」

シナモンロールを取り、レジの店員に出す。

N「かっこいい店員さんだって、ふーんって感じ」

4　**商店街**

パンの袋を提げて歩くとわ子、人々とすれ違う。

N「商店街だって全然ジャージで歩ける」

代々木八幡《はちまん》駅、電車が目に入る。

N「なんだったら電車だって乗れる。新幹線だって……」

少し遠い目をするとわ子。

5　**ハイツ代々木八幡・大豆田家の部屋**

2LDKの部屋。

台所に立ち、カフェオレを作っているとわ子。

中学の制服姿の大豆田唄《うた》（14歳）が自分で用意した弁当を鞄にしまって、行く。

N「これ、大豆田唄。生まれた時から反抗期」

とわ子、頭上の棚を開けたら、開封済みの袋からパスタ麺が雪崩《なだ》れ落ちてきて降り注ぎ、浴びる。

床に散らばったパスタを拾うとわ子。

N「床に落ちたパスタは拾いづらい。そんな大豆田とわ子、従姉妹の結婚式に出席した」

6　**野外結婚式場（日替わり）**

ガーデンウエディングが行われており、花のアーチをくぐって現れる新郎新婦。

とわ子、フラワーシャワーを投げていて、……。

N「お祝いしてる最中に、口内炎が出来ていることに気付いた大豆田とわ子」

× × ×

立食パーティーで、談笑している出席者たち。

とわ子、食べながら口内炎の痛みに顔をしかめていると、背後から女性に声をかけられる。

女性A「田中《たなか》さん」

とわ子、振り返らずにいると、もう一度はっきりと向き合われて。

女性A「田中とわ子さん」

とわ子「どうもご無沙汰してます」

女性A「十五年ぶり？　田中さん、元気してた？」

とわ子「はい、元気でやってます」

その時、通りかかった男性がとわ子を見て。

男性A「あ、佐藤《さとう》さん。佐藤とわ子さんだよね」

とわ子「（う、となりつつ）どうもー」

不思議そうにしている女性A。

男性A「佐藤さん、相変わらず美人さんで」

とわ子「はい、相変わらず美人でやってます」

するとちょっと離れたところにいた女性がとわ子に気付いて大きい声で呼びながら来る。

女性B「中村《なかむら》さん！　中村とわ子さん！」

女性Aと男性A、え？　ととわ子を見る。

とわ子「どうもどうもー」

自棄《やけ》になった笑顔のとわ子。

N「田中、佐藤、中村。誰も間違ってない。すべて、大豆田とわ子が名乗ったことのある苗字なのだ」

とわ子、挨拶文の便箋を開いて読む練習をしていると、新婦が来た。

とわ子「スピーチがんばるね」

新婦「とわ子さん、ごめん。彼の御両親にバレちゃって。とわ子さんの、なんていうか、歴史？」

とわ子「歴史。あーはいはいはいはい」

新婦「そういう歴史の方がご挨拶するのはどうかしらって」

とわ子「あーオッケオッケ……（横を向き）なんてこった」

×　×　×

大豆田旺介《おうすけ》（65歳）が大豆田幾子《いくこ》（49歳）と唄と共におり、他の出席者と話している。

旺介「結婚式は何回出てもいいですね。わたしこう見えてね、新婦の父、三回やってます。新婦の父はやればやるほど味が出る」

とわ子がぶつぶつ言いながら来る。

とわ子「なんてこった、なんてこった……（旺介を見るなり）お父さん、飲み過ぎ（と取り上げ、自分で飲む）」

旺介「あ、これがそう。三回結婚して三回離婚してるの」

幾子「旺ちゃん、よして」

旺介「最初はびっくりしました。一回目はサドンリー、二回目はコメディー、三回目に至ってはファンタジーでした。（とわ子に）なんだっけ、鈴木《すずき》、吉田《よしだ》、佐々木《ささき》？」

唄「田中、佐藤、中村」

とわ子「正解言わなくていい」

幾子「（小声で）おめでたい席で黒歴史を披露しないで」

とわ子「（微笑《わら》って）縁起悪いですもんね」

にわか雨が降ってきて、みんながとわ子を見る。

とわ子「（とりあえず笑う）」

傘をさしかけられて行く新郎新婦。

屋内に退避しはじめる出席者たち。

旺介「盛り上がってきたなー」

とわ子「あー降れ降れーもっと降れー（と、自棄）」

唄、とわ子の背中をぽんと叩いて。

唄「世間は気にするな。わたしはスクスク育ってる」

とわ子「お、おう（と嬉しく微笑って、唄の肩を抱く）」

N「三回結婚して、三回離婚している。ということはつまり三人の元夫がいるということだ」

7　法律事務所

大手の事務所内で、胸に弁護士バッジを付けた中村慎森《しんしん》（31歳）が依頼人の対応をしている。

N「これ、中村慎森。三番目の夫」

8　通りに駐《と》めてあるロケバス

カメラ機材の入った重そうなバッグを提げた佐藤鹿太郎《かたろう》（45歳）が走って来る。

恐縮して謝りながらロケバスに乗り込む。

N「これ、佐藤鹿太郎。二番目の夫」

9　田中八作《はっさく》の部屋

ベッドに寝ている田中八作（40歳）。
隣を見ると、女性（蒲田《かまた》佳純《かすみ》）が服のまま寝ているが、ま、いいかと思ってまた寝る。

N「これ、田中八作。最初の夫」

10　通り

結婚式より帰るとわ子と唄。
とわ子は引き出物だったたであろうバームクーヘンを食べながら歩いている。

N「大豆田とわ子が大切にしていることはひとつ。会いたくない人には会わないこと。しかしその願い叶わず、今週こんなことが起こった……」

11　今週のダイジェスト

ベランダの網戸が外れて、呆然としているとわ子。

N「網戸が外れるのが何より嫌いな大豆田とわ子」

×　×　×

オフィスのケータリングスペースにて、慎森がよそ見をしてる間に彼のコーヒーに卓上塩を注ぎ込むとわ子。

N「元夫のコーヒーに塩を入れる大豆田とわ子」

×　×　×

豪華客船の前、船長コスチューム姿の御手洗健正《みたらいけんせい》（37歳）から船長の帽子を被らせてもらったとわ子。

N「船長さんとお近づきになる大豆田とわ子」

×　×　×

自宅にて、ブロッコリーで殴り合う慎森と鹿太郎を、顔をしかめて見ているとわ子。

N「元夫たちがブロッコリーで戦うのを見守る大豆田とわ子」

×　×　×

八作の部屋にて、八作の膝に頭を載せたとわ子。
見つめ合う二人。

N「元夫と朝を迎える大豆田とわ子」

12　ハイツ代々木八幡・大豆田家の部屋（夕方）

とわ子、泣きそうになりながら外れてしまったベランダの網戸を強引にはめようとしている。

N「そんな今週の出来事を、今から詳しくお伝えします」

自棄になって網戸を突き飛ばしたら、飛んで行った。

13　同・前の通り

走って出て来て、落ちている網戸を拾うとわ子。
戻りかけて振り返り、息を切らしてカメラを見て。

とわ子「大豆田とわ子と三人の元夫」

○　タイトル

14　ハイツ代々木八幡・大豆田家の部屋（夜）

風呂場にいて、浴槽に手を入れているとわ子。
冷たくて、ひーっと思いながら部屋に戻る。
唄がパソコンに向かっている。

唄「無理だ、おばあちゃんのメール開けないよ」
とわ子、外れたまま立てかけてある網戸を見て。

とわ子「網戸外れるし、お風呂壊れるし、網戸外れるし、何でこんなひどいことばっかり続くのかな」

唄「直してくれる恋人作ればいいいんじゃないかな」

とわ子「極論を言いますね」

唄「一般論です」

とわ子「今から？　今これ外れた状態で今から誰かと出会って、観覧車とか乗りながら親しくなって、そのかん、ずっと網戸外れっぱなし？　仮に交際したとしよう。その後どうすんの。あ、もう網戸直ったんでこの関係解消しますねって言うの？　わたし、そんな冷たいこと言えないな。だって一緒に美術館行ったし、長電話もしたし、観覧車乗った思い出もあるんだよ？」

唄「じゃ、業者ですね」

とわ子「業者ですね。網戸の業者とお風呂の業者って一緒かな」

唄「ねえ、おばあちゃんのメール開けないって」
棚の上に骨壺と母の遺影がある。

とわ子「パスワード変えればいいでしょ」
唄「パスワード変えるにはね、見てごらん」
二人、パソコンの画面を見ると、設定画面に『はじめて飼ったペットの名前は？』の質問がある。
とわ子「ペットの名前？　わたし、設定してないよ」
唄「おばあちゃんにも出来るわけがない。多分元夫が設定したんじゃないかな」
とわ子「（顔をしかめ）どの」
唄「さあ、三人から直接聞くしかないでしょ」
とわ子「え、わたし、別れた夫に、はじめて飼ったペットの名前は何かしら？　って聞いて回るの？（と、ため息をつき）お風呂入ってくる……（壊れていることに気付き）あー（と、床に崩れ落ちる）」

×　×　×

N「悩みごとが多い夜は数学の問題を解くことにしている」
寝室、ベッドに入っているとわ子。
高校の数学の問題集を手にし、解いている。

15　しろくまハウジング・オフィス（日替わり）

欠伸《あくび》しながら出勤して来たとわ子。
N「結局朝方まで数字と格闘してしまった」
臭くないかと自分の匂いを嗅いでいると、松林《しょうりん》カレン（30歳）が来て。
カレン「社長、おはようございます。（タブレットを手に）代沢《だいざわ》の家の見積もり送りました」

　とわ子、オフィスを移動しながら見積もりを見る。

N「大豆田とわ子はここしろくまハウジングの社長。つい最近就任したばかり」

　オフィスには、三上頼知《みかみよりとも》（39歳）、城久間悠介《しろくまゆうすけ》（27歳）、大壺羽根子《おおつぼはねこ》（26歳）、黒部諒《くろべりょう》（24歳）、駒月美和《こまづきみわ》（47歳）、山村《やまむら》エミー（25歳）、恩田唯史《おんだただし》（50歳）らがおり、羽根子は車椅子である。

N「小さいが、こだわりの注文住宅を中心に圧倒的な顧客満足度で一目置かれている会社である」

　むすっとした顔の六坊仁《ろくぼうじん》（61歳）もいて、設計部の若手が提出した図面を順番に見ては即座に判断し。

六坊「四十五点。計測からやり直し。三十点。五年でカビだらけ。零点。小学校戻って関数のお勉強」

　とわ子、緊張しながらその脇を通る。

×　×　×

　会議スペースに、とわ子、カレン、悠介、頼知、羽根子、六坊、他の社員たち十人程度がおり、会議がはじまろうとしている。
　男女比は同じで年齢も幅広く、序列なく座っている。
　とわ子、頼知の説明を聞き、建築模型を見ている。
N「その時、口内炎が増えてることに気付いた大豆田とわ子」
　とわ子、痛いなあと思っていると。
悠介「（ひとりで笑い出して）いや、朝食べた胡麻が奥歯に挟まってたみたいで、今出てきて味がしました」
カレン「あー、ニラとかね、そういう現象あるよね」
羽根子「わたし、それを味ゾンビって呼んでます」

みんな笑っていると、末席にいた慎森が挙手した。
慎森「その話を会議はじまるって時にする意味は何ですか？」
全員、怖々と注目し、とわ子も、……。
悠介「雑談です」
慎森「雑談ですね。雑談って、いります？」
カレン「会議前の挨拶みたいなもので……」
慎森「挨拶。あの無駄な風習。挨拶っていります？　おはようございます、お疲れさまでした。言うとわかってる定型文を言う必要あります？　省けるんじゃありません？」
とわ子「(顔をしかめて、カレンに) はじめましょう」
カレンが議題を提示しはじめる。
N「口内炎が痛い。しかしたった今口の中のことで怒られる人を見たので、過剰に無表情になっている大豆田とわ子」
横目に慎森を見る。
N「三番目の元夫、この会社の顧問弁護士である」

16　同・ケータリングスペース

とわ子、来て、最後に一個残ったたまごサンドボックスを取ろうとすると、先に誰かの手が伸びて取られる。

慎森である。

あとは茹で卵が一個残っているだけ。

×　×　×

テーブルに着いているとわ子、茹で卵の殻を剝《む》いている。
背中合わせの席で慎森がたまごサンドを食べている。

とわ子「人数分しかないお弁当食べてくださってどうも」

慎森「昨日行った会社は特選ステーキ弁当だったけど、こちらの会社は健康に気遣ってくれてるのかな」

とわ子「いただきますも言わないなんて、新しい時代の到来って感じですごいな」

慎森「このお弁当は八百円で、僕が差し入れたフィナンシェは三千円だったけど、差し引き二千二百円は慰安旅行の積み建て金かな」

とわ子「もう少し美味《おい》しそうに食べたらどうなのかな」

慎森「栄養摂取する時に、美味しいって言う必要あるかな。そもそも美味しくある必要があったのは、人類が栄養を取る意味を知らなかった頃のことで、今や人類は……」

とわ子「(うるさいと言おうとして振り返ると)」

慎森「あ、うるさい？　そういう顔しないで。謝ってるでしょ、あ、謝るの忘れてた」
とわ子、むっとして席を変えようとするが、用事を思い出して戻って来て。

とわ子「(我慢し)はじめて飼った……」
カレンが来て。

カレン「中村先生、すいません」
慎森、背を向け、カレンから書類を受け取り、見る。
とわ子、卓上塩を慎森のコーヒーに注ぎ込む。

カレン「ありがとうございます」
席に着く慎森、コーヒーを手にする。

とわ子「(早く飲めと見ていて)」

慎森「（飲まずに）はじめて飼った、何？」
とわ子「はじめて飼ったペットの名前は何ですか？」
慎森「ペットというカテゴリーにカブトムシは入る？」
とわ子「え……」
悠介が来て。
悠介「中村先生、すいません」
慎森、背を向け、悠介から書類を受け取り、見る。
とわ子、カブトムシはペットなんだろうか？　と思いながらコーヒーを飲んでしまう。
ううっとなって、口が膨らんだまま止まる。
慎森「カブトムシの名前はベティ。由来聞きたい？」

17　同・オフィス（夜）

とわ子、自分のデスクで仕事をしていると、スマホにラインの着信があった。
見ると、唄からで、『ベティじゃなかった』と。
ダメだったかと再び仕事しようとすると、向こうでカレンがお土産をみんなに配っているのが目に入る。
N「毎毎堂《まいまいどう》のカレーパンだ」
カレン「なんか貰っちゃったんで、どうぞ」
N「なんかって、それはすごくいいカレーパンなのだぞ」
羽根子「（ひとつ残ったので）これは社長に」
とわ子「（身を乗り出し、目が輝く）」
頼知「社長にカレーパンは失礼じゃないかな」

とわ子「（は？　そんなことないけど）」
羽根子「確かに庶民の食べ物ですもんね」
悠介「僕が食べます、カレーパン好きじゃないけど」
とわ子「（落胆）」

×　×　×

暗い中、ひとり残って残業しているとわ子。
N「みんなとカレーパンを食べられないなら社長になんかなりたくなかった」

18　通り

会社から帰るとわ子。

茶色いニット生地のバッグを提げた人とすれ違う。

N「何を見てもカレーパンのことを考えてしまう」

19　定食屋・前の通り

歩いて来たとわ子、さびれた店の前に立つ。

N「二番目の元夫が行きつけの店に来てみた。この店の床はベタベタするから入りたくないな、と思ってたら……」

外から覗き込んでいると、背後で自転車の鈴の音。

振り返ると、自転車と鹿太郎がぶつかった。

声を上げながら倒れる鹿太郎。

N「元夫が自転車に轢《ひ》かれるのを見た」

自転車の女性「大丈夫ですか」
鹿太郎「（足を痛がりながら）あーごめんなさい、ごめんなさい、あ、こんないい自転車にぶつかってしまって」
自転車で鹿太郎の足に乗り上げながら去る女性。
鹿太郎、目の前に立っているとわ子に気付く。
鹿太郎「（う！　となって）何だ、あいつ……」
N「状況的に恐縮したが、聞いた」
とわ子、倒れている鹿太郎に。
とわ子「はじめて飼ったペットの名前って何ですか？」

20　同・店内

向かい合って座っているとわ子と鹿太郎。
足下がベタベタするのが気になっているとわ子。
N「昔来た時よりベトベトが増している」
鹿太郎は美味しそうにカレーを食べている。
鹿太郎「この店はね、カレーなんですよ。あれ……（店員に）おじさん、福神漬け付いてない。おじさん？　おじさん？」
全然気付いてもらえない。
鹿太郎「おじさん……（とわ子を見て照れて微笑って）」
とわ子「（どうもと会釈）……」
鹿太郎「あ、ごめんなさい、気安く微笑《ほほえ》みかけてしまって。はじめて飼ったペットの名前でしたよね。えっと何だっけ、犬の。犬のね……とわ子ちゃん、髪切った？」

とわ子「(首を傾《かし》げ)……」

鹿太郎「いや毎月切ってるよね。何年ぶりかに会ったのにそのかん一度として切ってないってことはないよね。ね。ね」

とわ子「……あの」

鹿太郎「あ、ごめんなさい、今距離感を見誤りました。決してもう親しい間柄ではないのに……(脇を通った店員に)おじさん? おじさん?」

21 同・店の前

店を出たとわ子と鹿太郎。

N「結局元夫はペットの名前を思い出せないまま」

鹿太郎「ちょっと、家寄っていい?」

N「と言い出したので、逃げた」

背を向けて、走り出すとわ子。

22 ハイツ代々木八幡・大豆田家の部屋

鍋のお湯を持って来て、浴槽に注ぐとわ子。

底の方に少し溜まったのみ。

息をつき、部屋に戻ると、パソコンの前に唄がいて。

唄「やっぱり初代なんじゃない? わたしのパパ」

とわ子「(面倒だ)」

唄「パパね、今奥渋《おくしぶ》でレストランやってるよ」

とわ子「レストラン? あんた、連絡取ってるの? あの人、会社辞めたの? え、連絡先知ってるの？　何料理？」

23　レストラン『オペレッタ』・店の前

距離を取って、店を覗き込んでいるとわ子。

おそるおそる近付き、店内を覗こうとすると、ふいにドアが開き、店から出て来た佳純。

佳純「何で？　何で何で何で？（と、酔っているようだ）」

ドアの裏側に挟まれているとわ子、押し戻そうとすると、またドアが開いて、潰される。

出て来たのはギャルソン姿の八作。

とわ子、あ……、と。

佳純に迫られた八作がドアによりかかって、また押し潰されるとわ子。

佳純「（ドアに腕を突き）何で付き合ってくれないの？」

八作「佳純ちゃんは素敵だと思う」

とわ子「（何言ってるんだこいつ、と）」

佳純「この間だって泊めてくれたし、朝ご飯だって作ってくれたよね。一番して欲しいことはしてくれなかったけど」

八作「付き合うっていうのは決めるものじゃなくて、気が付いたら付き合ってるものなんじゃない？」

佳純「そっか。そうだよね。うん、わかった」

笑顔で手を振り、去って行く佳純。

手を振って見送った八作、店内に戻ろうとして、とわ子がいることに気付く。

八作「……」

とわ子「（あわあわとなって、何か言おうとすると）」

八作、誰もいなかったように無視して店に入り、ドアを閉めてしまう。

とわ子「（え、と）……」

24　ハイツ代々木八幡・大豆田家の部屋

部屋着に着替えるとわ子。
綿来《わたらい》かごめ（40歳）が来ていて、唄と二人であぐらをかいて囲碁をしている。

N「うちに帰ったら友達が遊びに来ていて」
かごめ「最悪にお腹空いた時は絵の具食べてたからね。意外と一番美味しいのが緑」
とわ子「（何を教えているんだ、と）」

見ると、高価そうなワインのボトルが開いている。
柿ピーを食べながら湯呑みでワインを飲むかごめ。

N「うちの一番いいワインを開けて、貧乏自慢をしている」
かごめ「山吹色は結構ご飯に合うね」

スマホに着信があるが、無視して出ないかごめ。

N「しょっちゅう電話が鳴るけど、居留守ばかりしている怪しい奴」

かごめ、とわ子にもワインを注いでくれる。

N「でもよき相談相手である」
とわ子「もうさ、今日一日で三人に会うっていう地獄でさ……」
かごめ「わかるわ。わたしも毎日買ってたパンが小さくなってて」
とわ子「う、うん……」
かごめ「前はこれぐらいだったのに今こんなだよ、こんな」
N「たまに愚痴泥棒になる」
かごめ「そういえばさ」

Ｎ「盗んでおいて、すぐ飽きる」
かごめ「あれだな、そろそろ四十九日？（と、横を見る）」
棚に置いてある骨壺。

２５　回想、火葬場前の通り

喪服を着たとわ子、骨壺を大きなリュックに入れて背負って、歩き出す。
Ｎ「先々月、母の葬儀と社長就任の日が重なった」

２６　回想、しろくまハウジング・オフィス

スーツに着替えたとわ子、社員に向かって社長就任の挨拶のスピーチをしている。
背後のデスクに骨壺の入ったリュックが置いてある。
Ｎ「思えば人生イチ忙しい日だった」

２７　ハイツ代々木八幡・大豆田家の部屋

台所に立って、ワインのつまみを料理しながら、食べながら話しているとわ子とかごめ。
とわ子「お墓の好みのことで、色々言ってたの。業者に頼んであるからメール見て相談しといてって」
かごめ「なるほどね、だからパスワードがいるのか」
とわ子「二十四で結婚して子育てして、勝手な夫と離婚してさ。お墓にこだわってたってことは、人生が楽しくなかったのかな、って思うよね」
かごめ「面白い娘産んで楽しかったと思うよ？」
とわ子「娘、三回離婚してんのに？」

かごめ「離婚っていうのは、自分の人生に嘘をつかなかったって証拠だよ」
とわ子「さすがいいワイン飲むといいこと言うね」
かごめ「百円拾って使うのは犯罪だけど、百回離婚したって犯罪じゃないからね」
とわ子「別にひとりで焼肉行けるし、何だったらひとりで観覧車乗れるし。温泉も行けるな」
かごめ「ひとりで生きていける」
とわ子「まあね、そうだね、ひとりで生きていけるけど」
かごめ「けど？　けど、何？」
とわ子「ひとりで生きていけるけど、まるまるまるまる。まるまるまるまるの中身はわかりません」
かごめ、上の棚の戸を開けようとする。
とわ子「あ、そこゆっくり開けて」
棚からパスタ麺が雪崩れ落ちてきた。

28　しろくまハウジング・オフィス（日替わり、朝）
お弁当を食べようとして、醤油の袋を切ろうとするが、全然切れないとわ子。
無理矢理やったら、醤油が服に飛んだ。
N「人生が嫌になるやつ」

29　銀行・応接室
融資担当者の男性数名と話しているとわ子とカレン。
書類を示し、融資の増額を訴えているとわ子。
入構証で醤油のシミをかろうじて隠している。

30　竹芝埠頭《たけしばふとう》

歩いて来るとわ子、海が見えてきた。

N「人生が嫌になったので、立ち寄ってみた」

埠頭があって、豪華客船が停泊している。

とわ子、バッグを置き、海を見つめる。

N「海風ってベトベトする。全然人生が回復しないので、帰ることにしたところ」

傍らに置いておいたバッグがない。

え？　え？　と見回すと、とわ子のバッグを持った若い男が早足で行くのが見えた。

N「まさかこの言葉を叫ぶ日が来るとは」

とわ子「泥棒！」

とわ子、走って、逃げる泥棒を追う。

とわ子「泥棒！　泥棒！」

とわ子、ハイヒールが脱げ、転んでしまう。

遠ざかって行く泥棒。

しゃがみ込んだとわ子、ううう と顔を伏せて落胆。

その時、誰かが目の前に立つ。

顔を上げると、白い帽子を被り、白ずくめの船長服を着た男、御手洗健正が立っている。

とわ子のバッグを持っている。

後方に逃げていく泥棒の姿が見える。

健正「（手を差し伸べ）大丈夫ですか？」

とわ子「……（思わず醤油のシミを気にして、手で隠す）」

× × ×

客船を見ながら話しているとわ子と健正。

とわ子「生まれてはじめて、泥棒！　って叫びました」

健正「僕も最近生まれてはじめて、火事だ！　って叫びました」

とわ子「え、大丈夫ですか？」

健正「あ、自分の家ではないです」

とわ子「あ、良かったですね、あ、良くはないですけど」

微笑う二人。

健正、とわ子の頭に帽子を被せる。

健正、写真を撮ろうとしてスマホを向ける。

健正「（拳を突き上げ）出航！」

とわ子「（拳を突き上げ）出航！」

醤油のシミが見えたので、もう一方の手で隠す。

31　ハイツ代々木八幡・廊下（夜）

帰って来たとわ子、思い出し、なんだかひとりで照れてドアを開けようとした時、先に開く。

開けたのは慎森だった。

慎森「おかえり（と、微笑う）」

とわ子「……」

32　同・大豆田家の部屋～廊下

とわ子、唄の部屋を覗き込むと、慎森が唄に勉強を教えてあげている。

とわ子「何でいるの」

唄「慎森、国語得意だから」

慎森「出禁が解除されて嬉しいよ」

とわ子「解除されてないよ、出禁のままだよ」

インターフォンが鳴った。

×　×　×

とわ子、玄関を開けたら、鹿太郎が立っている。

鹿太郎「ごめんなさい、気が付いたらここに立っていました」

鹿太郎、レシートを差し出し。

鹿太郎「昨日、君がこれを落としていって」

とわ子「普通、街歩いててレシート落とした人見ても、落としましたよとは言わないですよね？」

慎森と唄が玄関まで来た。

唄「どうしたの？」

慎森「お客さん？」

とわ子「何でもない。（慎森に）お客さん？　何で家族目線？」

唄「（廊下に出て来て、鹿太郎に気付き）あ、シーズン2だ。シーズン2とシーズン3が揃った」

鹿太郎「唄ちゃん、久しぶり」

慎森「（廊下に出て来て）彼も解除されたの？」

とわ子「解除されてません」
鹿太郎「何で君、ここにいるんだ」
慎森「僕はいつもここにいるよ」
鹿太郎「僕もここにいたい」
唄「上がっていきなよ」
とわ子「三人同時におかしなことを言わないで」
鹿太郎「すぐに帰るから」
唄「かわいそうだよ、入れてあげなよ」
とわ子「この人が恐縮してるのははじめのうちだけなの。すぐ、いて当たり前みたいな顔しはじめるの」

×　×　×

鹿太郎、ソファーに寝転がっていて。
鹿太郎「あー、家族の匂いがするね（と靴下を脱いで、置こうとする）」
とわ子「（睨《にら》む）」
鹿太郎、脱いだ靴下をもう一度履く。
出て来る慎森と唄。
慎森、ソファーに座っている鹿太郎を見て、むっとした表情をして歩み寄り、立たせる。
鹿太郎「な、何」
慎森、鹿太郎のシャツを見て、苦笑して。
慎森「確か、前に会った時も英字新聞のプリントのシャツ着てましたよね。好きなんですか？」
鹿太郎「（え、となって）悪いかな」

唄「（見に来て）ほんとだ、英字新聞のプリントのシャツだ」

鹿太郎「え、ダメ？（とわ子に）え、ダメ？」

とわ子「それしかなかったんでしょ？」

鹿太郎「（そうじゃないが）うん」

唄「（鹿太郎のシャツの記事の英語を読み上げる）」

鹿太郎「これ、読むものじゃないよ？」

慎森「（記事の英語を読み上げる）」

鹿太郎「勝手に人のシャツを読まないでくれる？」

とわ子が鹿太郎の背中の記事を読んでいる。

鹿太郎「何でみんなして読むの？」

とわ子「スピルバーグ監督の新作は宇宙人と子供の交流がテーマ」

鹿太郎「それはＥＴだね。（記事を見て）随分古い新聞だな」

× × ×

ブロッコリーのパスタを食べているとわ子、慎森、鹿太郎、唄。

鹿太郎「僕が作ったパスタどう？」

唄「うまい」

慎森「僕が作ったとか言う必要あるかな」

鹿太郎「普通言うでしょ」

慎森「自慢じゃないですか」

鹿太郎「徳川家康《とくがわいえやす》だって江戸幕府俺が作ったって自慢しました。ピカソだって俺って絵上手《うま》いよねって自慢しました」

二人の口喧嘩を無視し、黙々と食べているとわ子。

慎森「(苦笑し) おかしな人だな」

鹿太郎「おかしいのは君でしょ。君、彼女と離婚したのに何故ここにいるのですか」

慎森「現実見ましょうよ。あなたと離婚した後、彼女は僕を選んで結婚したんですよ」

鹿太郎「結果、君だって離婚してるよね。おととい腐った卵も昨日腐った卵も同じく腐ってるよね」

黙々と食べ続けているとわ子。

N「二人の会話、大豆田とわ子にはこう聞こえている」

鹿太郎「(ひよこの鳴き声)」

慎森「(ひよこの鳴き声)」

黙々と食べ続けているとわ子。

× × ×

慎森が食器を食洗機に入れている。

横に立っているとわ子、後方から覗いている鹿太郎。

食器は幾つか入りきらず、少し残った。

慎森「あ……」

とわ子「大丈夫です、あとは手洗いするんで……」

見ていた鹿太郎、割り込んでくる。

鹿太郎「あーあーあー、だから素人はダメなんだよ、どいて」

鹿太郎、慎森が入れた食器を外に出しはじめる。

慎森「何してんの」

鹿太郎「素人は、しーっ」

鹿太郎、出した食器をはじめから入れなおす。

細かい工夫をしている。

とわ子と慎森、見ていて、あーそうするのか、と。

鹿太郎「(とわ子と慎森を見て、にやっと)」

鹿太郎、きっちりすべて入れ終えた。

どうだとキッチン台に肘を付き、もう片手を腰に当て、慎森のことを見て。

鹿太郎「ん？　ご感想は？」

慎森「いやいやいや、それじゃ詰め込み過ぎだし……」

取り出そうとする慎森、防ぐ鹿太郎。

鹿太郎「あのさ、正直言って僕ね、君のことを……」

慎森「僕、あなたのこと嫌いだから」

鹿太郎「何で先に言うの。それじゃまるで僕が嫌われたから嫌いになったみたいでしょ。僕が先に嫌いになったんだよ」

とわ子、……。

鹿太郎「(ひよこの鳴き声)」

慎森「(ひよこの鳴き声)」

慎森、置いてあったブロッコリーで鹿太郎を叩く。

鹿太郎もまたブロッコリーで慎森を叩く。

無言でその場を離れ、リビングに行くとわ子。

とわ子「(唄に) お客様、お帰りだって」

×　×　×

浴室、とわ子、蛇口から出る水に触れるが冷たい。

息をつき、浴槽の縁に腰を下ろす。

× × ×

ダイニングの灯りだけ残し、テーブルで持ち帰った仕事をするとわ子。

ふと手を止め、骨壺を持って来て、テーブルに置く。

また仕事を再開する。

母の声「とわ子。とわ子、手伝って」

33　回想

母と以前住んでいた家の台所。

晩ご飯の支度をしている中学生の頃のとわ子と母。

母「大根は短冊切り」
中学生のとわ子「短冊切りって？　こう？」
母「そ。上手」

34　ハイツ代々木八幡・大豆田家の部屋

骨壺を前に置いて、仕事を続けているとわ子。

スマホにラインの通知があった。

見ると、『船長さん』からで、『昼間はありがとうございました』のメッセージと共に、船長の帽子を被ったとわ子の写真。

とわ子「（苦笑）」

とわ子、返信しはじめる。

とわ子の声「写真どうも。でもお恥ずかしいです。何をはしゃいでるんだって感じですよね」

とわ子、スマホを置くと、すぐに返信が来た。

健正の声「確かにはしゃいでますね。まるで子供です」

とわ子、微笑みながら返信する。

とわ子の声「あのー、普通ちょっとはフォローしませんか？」

×　×　×

とわ子、ラインしながら、台所でお湯を沸かす。

とわ子の声「お醤油のどこからでも切れますってあれ、たまにどこからも切れない時ありませんか」

健正の声「あれは罠ですね。人類を醤油まみれにして喜んでる組織が存在するのでしょう」

とわ子の声「まさか陰謀論とは」

×　×　×

とわ子、ソファーに寝て、紅茶を飲みながら返信。

とわ子の声「船長さんでも苦手なものがあるんですね」

健正の声「薬の錠剤を飲むのが苦手です」

とわ子の声「わたしはどっちかって言うと粉薬が苦手です」

×　×　×

窓の外が明るくなっている。

スマホを持ったままソファーで寝ているとわ子。

N「朝までラインして、映画を観に行く約束をした」
スマホに表示されている『最高な人生のはじまりを見つける幸せなパン』という映画のウェブサイト。
とわ子「（寝言で）網戸が外れるの……」

35　しろくまハウジング・オフィス（日替わり、夕方）

デスクで仕事をしているとわ子。

図面を見ていて気付き、声をかけようとすると、お疲れさまでしたと帰るカレン、悠介、頼知、羽根子。

とわ子、最後に席を立つ六坊と目が合った。

六坊「何か？」

とわ子「いえ……」

六坊も出て行った。

ひとり残ったとわ子、仕事を続ける。

36　同・前の通り（夜）

ようやく仕事を終えて、出て来たとわ子。

ウインドウを見て、乱れた髪を手で直す。

肩寄せ合う恋人たちとすれ違う。

繋がれた手と手を見送り、急ぎ足になるとわ子。

37　レストラン・店内

無愛想な若い男性店員に注文しているとわ子と健正。
今日はごく普通に好感の持てる服装の健正。
健正「(注文を伝えて) 以上です」
特に返事することなく、行く店員。
とわ子、感じ悪い人だなあと思って見送っていると。
健正「昨日の今日で付き合ってくださるとは思いませんでした」
とわ子「ライン、楽しかったです」
健正「僕もです。実は最近母が入院しまして」
とわ子「そうなんですか」
健正「難病らしくて、なかなか大変なんですが、あなたのおかげで今日は楽しい夜を……」
健正のスマホに着信がある。
健正「(見て) ちょっと失礼します」
店の外に出る健正。
とわ子、半券を見ていて、ふと気付くと、さっきの店員が無愛想なしかめっ面で傍らに立っている。
とわ子「(え、何、と)」
店員「この後、あの男とあんた、メシ食い終わるだろ？　そしたらあの男、言うよ。実は母の治療費に困ってて。お金貸してもらえませんかって」
とわ子「……」
店員「あんたで五人目」

とわ子「……なるほど」
店員、無愛想なまま行く。
とわ子「（その背中に声をかけて）ありがとう」

３８　同・店の外

食事を終えて出て来たとわ子と健正。
健正「もう一軒いかがですか？」
とわ子「明日早いので失礼します（と、微笑む）」

３９　通り

帰るとわ子。
ウインドウに映る自分を見て、自嘲的に微笑う。
その時、スマホのバイブ音が鳴った。

４０　しろくまハウジング・オフィス

急いで戻って来たとわ子、深刻な顔で図面を見ながら話しているカレンと頼知たちから事情を聞く。
カレン「黒部くんが法規を読み違えてたんです」
頼知「第二種じゃなくて第一種高度地区だったんです」
悠介「競合は明日なのに無理ですよ」
N「背中に嫌な汗をかいた」
とわ子「（小さく息をつき）無理でもやるしかないよ」

×　×　×

設計の見直し作業をはじめるとわ子と一同。
慌ただしく全員が動いている。

N「どうしてか、切羽詰まった時ほど、別のことを考えてしまう癖がある」
とわ子の必死な顔。

41　回想

母と以前住んでいた家の台所。
母と共に晩ご飯の支度をしている中学生のとわ子。

42　しろくまハウジング・オフィス

深夜、トレイザーを準備し、新たに図面を作り直す作業をはじめるとわ子。

N「やれるかな。多分無理。いつもそう思う。ま、でもな」
ぐっと集中し、線を引きはじめるとわ子。
他の社員たちもみな各自の作業を必死にしている。

43　回想

洗濯物を畳みながらテレビを見て笑っている中学生のとわ子と母。

44　しろくまハウジング・オフィス

図面を書き続けているとわ子。

頼知がコーヒーを置いて行ってくれる。

45　回想

勉強しながら居眠りしているとわ子、とわ子の制服のスカートの丈を直しながら居眠りしている母。

46　しろくまハウジング・オフィス（日替わり、早朝）

カレンも頼知も悠介も眠っている。
出力した図面を広げるとわ子。
出来上がった。
はは、と引きつった笑顔で見つめる。

N「やれた」

×　×　×

みんなに図面を説明しているとわ子。

とわ子「北側の厳しい斜線制限がかかる側はボリュームを削減しました。で、三階のベッドルームは、ロフト部屋に変更して、で、二階建てのプランにおさめました」

説明を終えてコーヒーを飲むとわ子。

N「そのまま、また一日がはじまった」

47　同・会議室

トラブルの原因となった諒と話しているとわ子。

優しく丁寧に説明している。

N「トラブルの原因を作った社員から事情を聞き、今後どうすべきか説明をしている大豆田とわ子」

48　同・オフィス（夕方）

とわ子、デスクに戻ろうとすると、諒を囲み、カレン、悠介、頼知、羽根子が話しているのが見える。

頼知「社長に怒られた？」

諒「はい、すごい怒られました」

とわ子「（そうだっけ）」

カレン「ま、誰にでも失敗はあるよ。落ち込まないで」

みんなで諒を励ましながら出て行った。

もやもやしながらデスクに戻るとわ子。

×　×　×

夜になり、ひとり残って仕事していたとわ子。

帰り支度をし、オフィスの電気を消して。

とわ子「お疲れさま」

誰もいない中に声をかけ、出て行く。

49　通り（夜）

歩いて来るとわ子。

ぶつかった自転車がドミノ倒しで倒れてしまう。

一台ずつ起こしていく。

50　別の通り

意識が朦朧《もうろう》としながらふらふら歩いて来るとわ子。
眠くて今にも目が閉じそうだ。
工事中のバリケードがあるのに気付かず、その隙間を入って行く。
体がすとんと落ちる。
工事中の地面の陥没した穴にはまって、膝のあたりまで泥水に浸かってしまった。
動けなくなるとわ子。

中学生のとわ子「お父さんは何でお母さんと離婚したの」

51　回想

晩ご飯の支度をしている中学生の頃のとわ子と母。
母、鍋の中を見ながら。

母「お母さんって大丈夫過ぎるんだろうね。ひとりでも大丈夫な人は大事にされないものなんだよ」

中学生のとわ子「ふーん」

母「とわ子はどっちかな？　ひとりでも大丈夫になりたい？　誰かに大事にされたい？」

中学生のとわ子「ひとりでも大丈夫だけど、誰かに大事にされたい」

母「そ」

中学生のとわ子「でも、誰も見つからなかったらどうしよう」

母「その時はお母さんに甘えなさい（と、微笑む）」

52　別の通り

立ち尽くしているとわ子。
通行人が不審げに見るだけで通り過ぎて行く。
目を閉じ、倒れてしまいそうになるとわ子。
その時、誰かの手が伸びて、とわ子の肩をぎゅっと摑《つか》んで支えてくれた。
振り返ると、八作だった。
とわ子、……。
八作、手を差し伸べる。
とわ子、その手をぼんやりと見ていると、八作、とわ子の手を摑み、引き上げる。
穴から出たとわ子。
コンビニの袋を提げた八作、軽く手を挙げて。
八作「やっほー」
とわ子「……」

53　八作の部屋

八作に背中を押されて入って来るとわ子。
八作「入って」
とわ子「大丈夫だから。大丈夫だって」
八作、ふいに手を伸ばし、とわ子の鼻に触れる。
とわ子「……」
八作「ほらー鼻冷たくなってる。大丈夫じゃないでしょ」

八作、とわ子を洗面所に連れて行く。
八作、コンビニの袋からシャンプーと温泉の素を出し、とわ子に渡す。
八作「はい」
とわ子「何……」
八作、浴室のドアを開ける。
白い湯気が満ちていて、流れ出て来る。
広めで綺麗な浴室で、浴槽にあふれるほどたっぷりとお湯が溜まっている。
すごくあったかそうだ。
とわ子「（お風呂に目を奪われて）……」
八作、収納からバスタオルとジャージを取り出し、押しつけるようにとわ子に渡す。
八作「はい。はい、はい」
とわ子、ふわふわのバスタオルを受け取る。
八作「ごゆっくり」
と言って出て行き、ドアを閉めた。
とわ子、あったかそうなお湯を見つめる。
とわ子「……（夢のようだ）」

54　同・外景

八作の部屋の浴室の小窓から湯気が漏れている。
とわ子の声「♪　おいでファンタジー　好きさミステリー」

55　八作の部屋

浴室、あたたかい湯気が漂う中、温泉の素を入れたお湯に浸かっているとわ子。
機嫌良く歌っている。

とわ子「♪　君の若さ隠さないで　不思議したくて　冒険したくて　誰もみんな　ウズウズしてる」

×　×　×

台所に立って料理をしている八作。
浴室から聞こえるとわ子の歌声。

とわ子の声「♪　もっとワイルドに　もっとたくましく　生きてごらん」

八作、微笑み、料理を続ける。

×　×　×

浴室、気持ち良く歌い上げているとわ子。

とわ子「♪　ロマンティックあげるよ　ロマンティックあげるよ　ときめく胸にきらきら光った　夢をあげるよ」

×　×　×

料理を皿に盛っている八作。
浴室から出た様子のとわ子の声が聞こえる。

とわ子の声「♪　レッツトライトライトライ摩訶不思議」

八作「お、オープニングになった」

八作のジャージを着て、バスタオルで頭を拭きながら出て来るとわ子。

とわ子「♪　手に入れろ……」

目が合って、……。

とわ子「(照れて)」

八作「(どうぞ続けて、と手で)」

とわ子「♪　ドラゴンボール！」

同時に噴き出して笑う二人。

×　×　×

とわ子、干してある服に触っていて。

八作「乾くまで、待ってなよ」

とわ子「(戸惑いつつ)じゃ、乾くまで」

八作、テーブルにうどんを二つ置く。

とわ子「……何これ」

八作「柳川風うどんだけど。食べないなら返して」

とわ子「食べるよ。返してって何。いただきます」

とわ子、つゆを飲んで息を吐き、うどんを食べる。

八作、ふいに手を伸ばし、とわ子の鼻に触れる。

とわ子「……」

八作「あったかくなった」

とわ子「勝手に人の鼻触らないで」

八作「怖い怖い」

とわ子「やっぱすごいね、ちょっと話しただけでもういちいち腹が立つことするし言うね」
八作「元気そうだね」
とわ子「徹夜明けで穴に落ちてる人が元気なんだったら、大抵の人は元気だと思うよ」
八作「相変わらずだし」
とわ子、手を伸ばし、八作の鼻をぎゅうっと押す。
八作「や、やめてよ」
とわ子「守りが弱い（と、指さして笑う）」
八作「……」
とわ子「（食べながら）何、柳川風うどんって」
八作「ごぼうだよ」
とわ子「それは食べりゃわかるよ」

× × ×

ソファーによりかかっているとわ子、欠伸をする。
食器を洗っている八作がこっちを見て、にやにやと笑っている。
とわ子「……ごちそうさまでした（と、立とうとする）」
八作「まだ乾いてないんじゃない？」
八作、皿に盛った白い苺を持って来て、置く。
八作「初恋の香りって品種なんだって」
とわ子「え、別れた夫婦で」
八作「初恋の香りも何もないね」
笑う二人。

とわ子、欠伸しながら食べる。

とわ子「会社辞めたって？」

八作「もっちんおぼえてる？」

とわ子「心配性の人」

八作「そうそう。もっちんがね、店はじめたいんだけど、ひとりじゃ不安だって言うから」

とわ子「人のせいにして。嫌いな上司と喧嘩したんでしょ」

八作「俺、別に嫌いな人いないし、喧嘩とかしないし」

とわ子「そうだった、そういう人だった。ふーん、もっちんのために会社辞めたんだ。ま、優しいっちゃ優しいもんね」

八作「馬鹿だって言いたいんでしょ」

とわ子「馬鹿とは思ってないよ。優しいって頭がいいってことでしょ。頭がいいっていうのは、（欠伸をしながら）優しいっていうこと……（と、目が閉じそう）」

八作「寝てるじゃん」

とわ子「もう乾いたんじゃない？」

干してある服を見る二人、……。

八作「そっちはどうなの。楽しくやってんの？」

とわ子「うん？　うん……まあ、色々あるさ」

八作「色々って？」

とわ子「色々だよ。どっちか全部ってことはないでしょ。楽しいまま不安、不安なまま楽しい……」

目を閉じ、そのまま眠りながら倒れるとわ子。

八作、思わず受け止め、そのままとわ子の頭を自分の膝に載せる。

とわ子「……（目を開け）あ、寝ちゃった」

見つめ合う二人、顔が近い。
意識し、目を逸らす二人。
八作、干してある服を見る。
八作「乾いたんじゃないかな」
とわ子「布団がね」
八作「(ん？ と)」
とわ子「見たの、風で、吹っ飛んだのを」
八作「へえ。え、今？」
とわ子「品川《しながわ》で、歩いてて」
八作「品川」
とわ子「風、強かったんだよね、誰かのうちのベランダに干してある布団が、(頭上の左から右を示し) 飛んで。わたし、あ、布団が吹っ飛んだ、って……」
八作「……いつ？」
とわ子「お母さんのお葬式の帰り」
八作「……」
とわ子「布団が吹っ飛んだんだよ(と、薄く微笑う)」
八作「(義母の死を知って) そうだったんだ」
とわ子「うん。ダジャレって現実に起きることもあるんだね」
八作「そっか」
とわ子「うん」
八作「ありがとう、教えてくれて」
とわ子「良かったのかな、教えちゃって」

八作「俺にとってもお義母《かあ》さんだったから」
とわ子「うん」
八作「ごめん、知らなくて」
とわ子「ダメなんだよね。メールが開けないとか、なんだかんだ言い訳してるけど、お墓に入れる気にならないいんだよ」
八作「（とわ子を見つめ）……」
とわ子「悲しいっていえば悲しいんだろうけど、言葉にしたら、言葉が気持ちを上書きしちゃう気がしてさ、なんかね、ふわふわしちゃってんだよね……（自嘲的に微笑って）乾いたかも」
とわ子、起きようとすると。
八作「昔さ」
とわ子「（うん？　と）」
八作「君とお義母さんと三人で、西伊豆《にしいず》だったかな、行った時。帰り道、夜、運転してて、君は寝てて。俺、お義母さんも寝てくださいって言ったら、お義母さん、あんた何か面白い話してよって。俺、適当に話作って話したら、あんたの話はつまんないね、眠くなっちゃうよって言って、すーすー寝息たてはじめて」
とわ子「どんな話をしたの？」
八作「王様がね、いて、ある時聞いたことのない声で鳴く鳥を狩りで仕留めて、その夜焼いて食べたんだよ。そしたら次の日の朝、王様、何故か勝手に体が動き出して、踊り続けるようになってしまう」
とわ子「ほんとにつまんない」
八作「へへっ」
とわ子「それで？（と言いながら目を閉じる）」

八作「王様の踊りを止めようとして医者が来た。ところが王様に触れた途端、医者も踊り出してしまう。止めようとした家来も踊り出し、やがてそれは街中に広がって……」

寝息をたてて眠っているとわ子。

八作、寝顔を見つめ、ある思いが込み上げてきて。

八作「本当はさ、その時お義母さんに頼まれたことがある。あの子は強がりだから、どうか一生大事にしてやって……（言葉途切れ、言えなくなる）」

N「大豆田とわ子は眠った。久しぶりに、本当に久しぶりに。その後、大豆田とわ子の電話が三回鳴った」

×　×　×

八作、鳴っているとわ子のスマホの着信画面を見て、なんとなく出る。

N「一本目は娘からだったので出た」

56　ハイツ代々木八幡・大豆田家の部屋

唄、スマホで八作と話している。

唄「え、何でパパがママの電話に出るの」

N「二本目は二番目の元夫からだった」

57　鹿太郎の部屋

鹿太郎、スマホで八作と話している。

鹿太郎「あなた、どちら様？　田中八作……田中八作⁉」

N「三本目は三番目の元夫からだった」

58　ビジネスホテル・部屋

慎森、スマホで八作と話している。

慎森「あーはいはい、田中さんね。聞いてますよ。あの田中さんか（と笑って、真顔になり）何故彼女の電話に？」

59　八作の部屋（日替わり、朝）

カーテンから漏れた日差しに目を覚ますとわ子。
まだ八作の膝の上で寝ていた。
八作は文庫本を読んでいる。

八作「（とわ子が起きたことに気付き）グッモー」

とわ子「……何分寝てた？」

八作「五時間？」

とわ子「五時間？」

起き上がるとわ子。
立ち上がる八作、屈伸をする。

八作「唄から電話あったよ。心配してたよ」

とわ子「え、出たの？　ま、いいけど、娘の電話なら」

八作「あとね……」

インターフォンが鳴った。
見ると、モニターに慎森と鹿太郎が映っている。

とわ子「何でこの人たちが来るの……」

とわ子、服を持って洗面所に行きかけて。

とわ子「あ、待って。はじめて飼ったペットの名前は？」

八作「きんとき」

×　×　×

八作に案内されて、入って来た慎森と鹿太郎。

鹿太郎「わたくし、あなたの後の夫を担当しておりました佐藤と申します」

八作「どうも」

慎森「（室内を見回し）大豆田とわ子は？」

八作「来てませんよ」

慎森、寝室の前に行って。

慎森「開けていいですか？」

八作「どうぞ」

鹿太郎、そうかそうかと思って浴室の前に行って。

鹿太郎「入っていいですか？」

八作「どうぞ」

慎森、鹿太郎、ドアを開ける。

どちらにもとわ子の姿はなかった。

慎森、鹿太郎、見回し、カーテンの裏を見たり、浴槽を覗いたりする。

八作、床に落ちていたとわ子のバッグを拾う。

台所の流し台の下の収納の戸を開ける。

体を縮めたとわ子がいて、バッグを受け取る。

八作、足で戸を閉める。
リビングに戻って来る慎森と鹿太郎。

鹿太郎「いないね。（八作に）大変失礼しました」

慎森、台所に来て、伏せてある丼二個を摑んで。

慎森「どうして洗った丼が二つあるんですか？」

鹿太郎「（はっとし、八作に）どうして洗った丼が二つあるんですか？」

八作「ひとつはラーメンで、ひとつはご飯を食べました」

鹿太郎「ラーメンライスか（なるほど、と）」

慎森「お箸が二つありますね」

鹿太郎「（はっとし、八作に）何でお箸二つあるの？」

八作「ひとつは調理用です」

鹿太郎「なるほど。（慎森に）この方、嘘ついてないよ。だって言葉に澱みがないもん」

慎森「佐藤さん、頭にカマキリ載ってますよ」

鹿太郎「え？（と、頭を触る）」

慎森「真の嘘つきに言葉の澱みなんてありません」

鹿太郎「……世の中、君みたいな人間ばっかりじゃないと思うよ」

慎森、流し台の上の戸を開けるが、異状なし。

鹿太郎「人んちのキッチン、勝手に開けちゃダメだよ」

慎森、流し台の下の戸に手をかける。
八作、内心、あ、と。
慎森、開ける。

八作「未練たらしいですね。離婚したのに」

慎森「（その言葉に振り返り、八作を見る）」
鹿太郎「（何てことを言うんだ？　と八作を見る）」
半分開いた戸からとわ子の姿が見えている。
慎森、八作を睨みながら歩み寄っていく。
自分で戸を閉めているとわ子。
鹿太郎「（八作に）そういう言い方ないいんじゃないですか」
慎森「失礼ですね、未練たらしいのはこの人ですよ（と、鹿太郎を示す）」
鹿太郎「僕は、ただ彼女を心配してるだけで」
慎森「二個前のくせに」
鹿太郎「一個前と二個前ってそんなに違うもの？」
慎森「新幹線乗って京都《きょうと》に行きました。僕は名古屋《なごや》で、あなた新横浜《しんよこはま》で降りました。名古屋ならまだ京都まで歩けるけど、あなたは歩けないでしょ」
鹿太郎「名古屋だって歩けないよ」
慎森「（八作に）ね」
八作「……何のねですか？」
鹿太郎「わかりました。こうなったらとことん話し合いましょう」
腰を下ろす鹿太郎。
鹿太郎「お互い納得いくまで話し合いましょうよ」
八作も慎森も立ったままだ。
鹿太郎「どうしたいの、君たちは。うん？　話し合おうよ」
八作も慎森も立ったままだ。
仕方なく立ち上がる鹿太郎。

座る八作と慎森。
鹿太郎も座る。
鹿太郎「はじめよう」
慎森「何を」
鹿太郎「会議ですよ。三人の元夫会議」
慎森、八作、……。

×　×　×

台所で、八作、流し台の下の収納を意識しながら、用意した三つのカフェオレにストローを挿す。
リビングで待っている慎森と鹿太郎に持って行く。
鹿太郎「どうもお気遣いなく」
八作「(慎森に)そこ狭くないですか、(囲碁盤を)それどかしていいです」
慎森「あ、すいません。(どかし)会議って。議題は」
八作、二人にクッションを配る。
慎森と鹿太郎、どうもと受け取って膝に抱える。
鹿太郎「彼女のことをどう思っているのか、お互いにはっきりとさせておいた方がいいんじゃないでしょうか」
鹿太郎、カフェオレを飲もうとするが、ストローに逃げられる。
慎森「はっきりも何も、だから離婚してるでしょ、あなた」
鹿太郎「君もね。(八作に)あなたもね」
八作「僕は関係ないんで」
鹿太郎「関係あるでしょ。元夫、元妻という関係」

　鹿太郎、ストローに逃げられる。
慎森「元が付いてたらそれは関係ないでしょ。（八作に）ね」
八作「……何のねですか？」
鹿太郎「じゃ僕も君のようにたとえ話で話そう。お湯が水になり、やがて氷になったとしても、その
氷は鍋で沸かしたらもう一度お湯になるよね」
　慎森、八作、ぴんと来なくて、……。
慎森「もう一回言ってもらえます？」
鹿太郎「お湯の水が氷になったとしても、必ずしも氷はお湯に戻らないこともないと僕は思う」
　鹿太郎、ストローに逃げられる。
慎森「もう一回言ってもらえます？」
鹿太郎「たとえばお湯が夫婦だとしよう。その、そのお湯の熱の、やがて冷めて、氷になる時、水が
氷になる時、氷はお湯だった時のことを決して忘れはしないだろ？」
　慎森、八作、……。
慎森「（八作に）どういうことですかって聞いてください」
八作「（鹿太郎に）どういうことですか」
鹿太郎「（照れてよそを向き）君たちには言えない。ただ、ただ言えるのは、僕は今も、彼女のため
なら爪を剝がされても耳を削《そ》ぎ落とされても平気ってこと」
慎森「それは誰も望んでないと思いますよ」
鹿太郎「それだけ本気だってこと」
慎森「みっともない人ですね」
鹿太郎「今ここまで逐一僕と同じ行動を取ってきた人間の言うこととは思えないね」
慎森「僕は彼女の会社の顧問弁護士ですから、責任があります」

鹿太郎「（自分を示し）正直に未練がましい人間と、（慎森を示し）言い訳がましく未練がましい人間、どっちがみっともないと思います？（と、八作に）」
八作「はい？」
鹿太郎「聞いてて」
慎森「そもそも僕は離婚したつもりないんで」
鹿太郎「ほら出た、一番のサイコパスが。ミスターサイコパス」
慎森「離婚したくて離婚したわけじゃないんで」
鹿太郎「それは僕だって同じだよ。でもね、僕たちは彼女の戸籍にバツ印を付けたわけだから、責任ってものを感じないと……（八作に）ね」
八作「……（理解しているが誤魔化し）何のねですか？」
鹿太郎、ストローに逃げられる。
鹿太郎「だから……」
慎森「てゆうか、あなたさっきから何回ストローに逃げられてるの」
鹿太郎「だって……」
鹿太郎、カフェオレをこぼしてしまう。
鹿太郎「わ」
慎森「あーあーあーあー」
慎森、自分のハンカチを出し、鹿太郎の胸元にこぼれたのを拭いてあげる。
八作「大丈夫ですか」
八作もタオルで鹿太郎の膝を拭いてあげる。
鹿太郎「すいません」
慎森・八作「いえ」

鹿太郎「すいません、ほんとすいません……」
慎森「そんな謝らないで」
鹿太郎「未練たらしいのはわかってるんです」
慎森「佐藤さんは彼女に伝えたんですか？　耳を削がれても平気だと思ってるってことを」
鹿太郎「（首を振り）僕ね、子供の頃のトラウマで告白恐怖症で」
慎森「告白恐怖症」
八作「どんなトラウマですか？」
鹿太郎「同級生の子に告白してたら、急に雷鳴ってびっくりして逃げちゃったんだよね」
慎森「（八作を見る）」
八作「それ、告白恐怖症じゃなくて、普通に雷怖いですね」
鹿太郎「……あ、そうか」

笑う三人。

慎森「雷は怖いですもんね」
八作「雷は怖いですよ」
鹿太郎「だよね、雷は誰だって怖いよね」

流し台の下の戸、ガタガタ鳴りはじめる。

慎森、鹿太郎、八作、戸に気付く。

N「この世に地獄があるとしたら、ここだと思っている大豆田とわ子」

戸が開いて出て来るとわ子、三人を見て、息をつく。

三人、何か言おうとすると、とわ子、言わなくて結構と止めて。

とわ子「網戸がね、外れるんです。外れるんですよ。外れるたびに、あー誰か助けてくれないかなとは思う。よし、またもう一回恋しようかな。次こそは一生一緒にいられる人見つかるかな。

網戸外れるたびにそう思います。四回目の結婚あるかなって、思います」

身を乗り出す慎森、鹿太郎、じっと見つめる八作。

とわ子「だけどそれはあなたたちじゃありません。これから出会う誰かに網戸直してもらいますから。わたし、幸せになることを諦めません。ので、心配ご無用、案ずるなかれ、お構いなく」

出て行こうとするとわ子、柱などに足の指をぶつけてしまい、呻《うめ》きながら倒れる。

慎森・鹿太郎・八作「とわ子！」

駆け寄る三人。

N「後日、パスワードが解除され、母の法要が行われた」

60　墓地（日替わり）

墓前に立っている喪服のとわ子、制服の唄、そして後ろに控えた喪服の慎森、鹿太郎、八作。

N「元夫たちに会うのは嫌だったけど、母は彼らのことを息子だと思っていたから、喜んでくれたと思う」

手を合わせる一同。

61　公園

桜が咲き、舞い散る中、ブランコに乗っている慎森、鹿太郎、八作。
遠い目をし、漕ぎ続ける三人。
慎森「お二人は何で離婚することになったんですか？」
鹿太郎、八作、……。
鹿太郎「君はどうなの」
慎森「……」

思うところがありながら、言わない三人。
その時、公園に入って来るとわ子、三人の前に来て。
とわ子「本日はありがとうございました（と、礼をする）」
三人、立ち上がり、礼を返す。
とわ子「（三人を見て、苦笑し）子供か」
とわ子も一番端、慎森の隣のブランコに座る。
とわ子、強く漕いで。
とわ子「桜、綺麗だねー。おー、口に入りそう」
とわ子、漕ぎながら口を開けて、舞い散る花びらを食べようとする。
慎森、鹿太郎、八作も桜を食べようとする。
ふざけながらも、楽しそうに笑う三人。

62　しろくまハウジング・オフィス（日替わり）

出勤して来たとわ子。
とわ子「おはようございます」

63　街中の公園

公園の視察に来ている代理店社員たちと同行している慎森。
社員「商業施設とするにあたって反対運動が起きようとしてるものですから、ご相談に乗っていただけないかと」
慎森「はい。お任せください」
子供が投げたボールが慎森の横を転がっていく。

慎森、拾ってあげようとして、トンネルの中を覗く。
そこに大きなリュックを枕にして横たわって眠る女性・小谷翼《こたにつばさ》（26歳）の姿があった。

慎森「（何だ？　と）」

64　撮影スタジオ

カメラマンとして撮影をしている鹿太郎。
だるそうにしている女優、古木美怜《ふるきみれい》（32歳）。

鹿太郎「最後、ワンカットお願いします」
鹿太郎、美怜の傍らに行き、露出を測っていると。

美怜「（前を向いて笑顔のまま、小声で）カメラマンさん」

鹿太郎「（はい？　と）」

美怜「あとで連絡先教えて」

鹿太郎「（え？　と）」

65　レストラン『オペレッタ』・店内（夜）

営業中で数組の客がいる。
テーブル席で注文を聞いているギャルソン姿の八作。
八作、カウンターに戻り、伝票を出す。
カウンターの向こうは厨房になっており、シェフの持田潤平《もちだじゅんぺい》（35歳）が調理をしている。

潤平「（伝票を見て）あー、これは絶対失敗するやつだな……」

八作「大丈夫だよ、昨日は出来てたろ」
潤平、不安そうに調理をはじめる。

八作、ワインの支度をしつつ見守っていると、入り口のドアが開く音。
振り返ると、入って来た女性は、三ツ屋早良《みつやさら》（27歳）。

早良「（目が合って）……」

八作「（目が合って）……」

66　ボウリング場

とわ子、ボールを構え、レーンの前に立っている。
前方のピンを見据える。
見守っているかごめと唄。

N「ここまで一進一退のスコアで競り合う大豆田とわ子」
二人共、ガーターか数ピン程度のひどいスコア。

唄「行け、大豆田とわ子」

かごめ「こけろ、大豆田とわ子」
走るとわ子、隣のレーンのかっこいい男性が目に入り、歩数が合わなくなる。
ボールがゆるゆると転がっていって、三ピン倒した。

とわ子「よっしゃあ」
派手にガッツポーズするとわ子。

N「三ピン倒してガッツポーズする、割とハードルの低い大豆田とわ子」
満面の笑みのとわ子、カメラを見て。

とわ子「大豆田とわ子と三人の元夫。また来週」

第1話終わり

第2話

1　ビジネスホテル・エントランス（夜）

コンビニのレジ袋を提げて入って来た慎森。

N「これ、中村慎森。ビジネスホテルに住んでいる」

2　同・部屋

持ち帰った仕事をしながら、飲むヨーグルトを飲み、おにぎりと缶詰を食べている慎森。

N「近所付き合いがないのがとても楽」

ふと気付いて缶詰を見ると、犬用だった。

N「やってしまった」

おそるおそるもう一度食べてみたら、案外イケると思ったので、犬の絵を向こう側にして食べ続ける。

慎森「全然大丈夫だ」

N「自分で自分を励ますタイプ」

×　×　×

狭いユニットバスの風呂に入り、スマホで可愛いパンダの画像をにやにやしながら見ている。

N「マニアックそうだけど、普通にパンダが好き」

慎森「パンダかわいい……」

N「独り言出るくらい好き」

そのうちウトウトとし、眠ってしまう慎森。

裁判の木槌の音がする。

3　慎森の夢

法廷の被告人席に立っている慎森。
検事が歩きながら意見陳述を行っている。

検事「被告中村慎森は大豆田とわ子さんとの結婚後、三度にわたって司法試験を受けておりました。しかしそのすべてにおいて不合格となったわけであります」
慎森、……。

検事「結婚当初、被告は主夫となり、妻の仕事を応援しておりました。しかし二度三度と試験に落ちるうち、彼は嫉妬しはじめたのです」
検事、笑顔のとわ子を嫉妬の目で見つめるエプロン姿の慎森の変なイラストをフリップで見せる。

検事「妻が仕事の成果を口にするたび、何も出来ていない自分をさいなみ、輪をかけご近所からの口さがない言葉が被告を追い詰めました」
証人たちが証言する。

証人A「昼間からウロウロしててね、きっと奥さんに食べさせてもらってるのねって」
証人B「男のくせにスーパーで買い物しちゃって」

検事「プライドが大きければ大きいほど、人間の器は小さくなる。よくがんばってるねのひと言が妻に言えなかった」
検事、フリップをめくり、レジ袋を地面に叩きつける慎森のイラストを出す。

検事「ある日被告は買い物の帰り道、レジ袋を放り出し、自宅とは逆方向へと歩き出したのです。妻の待つ家に帰ることは二度となかった」

慎森「違う。違う違う違う違うんです。僕は……」

裁判長が判決文を読む。
裁判長「主文、被告人を離婚に処する」
慎森「（つらく）……」

4　ビジネスホテル・部屋

お湯の中に沈んでいた慎森、ざばーっと顔を出す。
必死に呼吸しながら出ようとして、シャワーノズルにおでこをぶつける。
慎森「痛い。痛い。（首を振り）大丈夫。（やっぱり）痛い。（首を振り）大丈夫。（やっぱり）痛い」
N「自分で自分を励ますのにも限界ってものがある」
慌ててスマホを手にし、パンダの画像を見て。
慎森「パンダかわいい……（と、痛みながらも微笑う）」

5　しろくまハウジング・オフィス

会議中で、とわ子、カレン、悠介、頼知、羽根子、六坊と社員たち、そして慎森が出席している。

とわ子、タブレットを操作し、大型ディスプレイに表示させていると、みんなが何かに注目している。

振り返ると、慎森が挙手していた。

とわ子「……はい、中村先生」

慎森、置いてある温泉饅頭の箱を示して。

慎森「これは何でしょう?」

カレン「お土産です。土日、箱根《はこね》行ってきたんで。どうぞ」

慎森「お土産って、いる？」
全員、はじまった……、と。
頼知「旅行行ったら普通お土産買いますよね」
慎森「松林さん、このお土産にどれほど時間を使われました？」
カレン「え、まあ、何件か選んでたんで一、二時間……」
慎森「その一、二時間があれば、滝とか観光スポット見に行けたんじゃありません？」
カレン「それはまあ……」
慎森「お土産ってせっかく旅行に行った人から限られた時間を奪う行為ですよね。松林さんはみなさんが別に食べる予定なんてなかった饅頭を買うために、もう一生見ることが出来ないかもしれない滝を見逃してしまった」
全員、うなだれて、カレンに。
悠介「ごめんなさい」
羽根子「ごめんなさい」
カレン「いえ、わたし別に見たい滝はなかったんで……」
慎森「ま、そもそも温泉に行く理由がわかりませんけどね」
その時、現れるポロシャツの男、蛯原太陽《えびはらたいよう》（37歳）。
太陽「おはようございます」
さわやかな太陽を見て、全員の表情が一斉に華やぐ。
N「蛯原太陽さんはインテリアデザイナー」
太陽「昨日ね、友人たちと湯河原《ゆがわら》行ってきたんですよ」
温泉パンダ饅頭の箱を置く。
全員、あ、と思うが、躊躇《ちゆうちよ》して。

羽根子「あの、滝はご覧になりました……？」
太陽「滝？　あ、滝見ました」
全員、安堵して、いただきますと手にする。
とわ子「いただきます（と、笑顔で饅頭を取る）」
慎森「（内心、温泉パンダいいなあと思って見ている）」

6　同・エレベーター前

打ち合わせを終えて帰る太陽を見送るとわ子。
太陽、到着したエレベーターに乗り込む。
太陽「社長、今度バスケやりましょう。お教えしますよ」
太陽、ボールをパスする仕草をし、ドアが閉まる。
とわ子、思わずボールを受ける仕草をし、……。
慎森「まだ半袖の季節じゃないよね」
気が付くと、傍らに立っていた慎森。
とわ子「……スポーツマンだから」
慎森「スポーツマンね。スポーツっているかな？」

7　同・オフィス

会議スペースで話しているとわ子と慎森。
慎森「玉を網に入れる。棒で打つ。足で蹴る。それだけのことに、わー勝ちましたー負けましたー引退しますー。馬鹿らしくならないのかな、ならないんだろうね」
とわ子「速く走れる人は、すごいんじゃないですか」

慎森「犬の方が速いと思いますけどね」
とわ子「先生、口曲がってますよ」
慎森「君だって、四年前に言ってたよね、金メダルの人より渋谷《しぶや》のねずみの方が足速いよね、この人たち、ねずみより遅いくせに何盛り上がってるんだろって。人間って、走る必要ある？（スマホを見ていて）あ、これこれ、この時だ（と、送信し）送った」
とわ子のタブレットが鳴る。
見ると、ソファーでひとつの毛布にくるまっているとわ子と慎森の自撮り写真。
とわ子「……何でまだ持ってるの、こんな写真」
慎森「持ってませんよ、ただ消してないってだけ」
とわ子「別れたら消すでしょ普通」
慎森「そうかな。むしろ消せば消すほど増えるものってあるよね。消しゴムのかすとか、人の噂とか、停電の夜のカップルとか……」
とわ子「消して」
とわ子、慌ててタブレットを操作していて、うっかり大型ディスプレイに表示させてしまった。
とわ子「あ！」
その時、六坊が書類を届けに来た。
六坊「社長」
とわ子、慎森、危機一髪で。
N「こんな風にはじまった今週、こんなことが起こった……」

8　**今週のダイジェスト**

うどんの中にエアポッドを落としてしまったとわ子。

N「うどんの中にエアポッドを落とした大豆田とわ子」

×　×　×

元夫たちと共に、チーズフォンデュを食べるとわ子。

N「尋常じゃなく猫舌の大豆田とわ子」

×　×　×

おでことおでこをくっつけて話しているとわ子と慎森。

N「元夫とゼロ距離になる大豆田とわ子」

×　×　×

警察に促されてパトカーに乗るとわ子。

N「選ばれた者だけが乗れるあれに乗った大豆田とわ子」

走り出す慎森。

9　しろくまハウジング・オフィス

大型ディスプレイに映ったとわ子と慎森の写真を、六坊から隠そうとし、両手を広げてディスプレイの前に立ちはだかるとわ子と慎森。

N「そんな今週の出来事を、今から詳しくお伝えします」

とわ子、カメラを見て。

とわ子「大豆田とわ子と三人の元夫」

○　タイトル

10　ハイツ代々木八幡・大豆田家の部屋（日替わり、夜）

とわ子、夜食のうどんを食べながら数学の問題集を解いていると、頭上からバタバタと物音がする。


N「最近、上の階の住人が何やら騒がしい」

とわ子、やれやれと思って、エアポッドを取り出し、はめようと思ったら、うどんの中に二個共落とした。

うどんと共に箸で摘まみ取って、うう、と。

11　同・大豆田家の部屋（翌朝）

洗面台の鏡の前に立っているとわ子。

すごい寝癖が出来ている。

N「うるさくて眠れなかったけど、朝いい寝癖が出来ていた」
とわ子「いい寝癖出来たー（と、嬉しそうに）」
とわ子、唄に見せようと思ってリビングに行くと、唄はソファーに積んである洗濯物を示し。
唄「何回言ったらわかるの。ソファーは座るものだよ。洗濯物置き場じゃないよ」
とわ子「ソファーに洗濯物置かない家なんてないと思うよ」
とわ子、洗濯物を抱えてベランダに出ようとすると、網戸が外れた。
N「朝から網戸が外れた」
とわ子「ほんとやだ。網戸、戦争より嫌い」

Ｎ「さすがに戦争より嫌いってことはない」

唄「本当に戦争より嫌いなの？」

　問い詰められるとわ子、ソファーの肘かけに置いてあったマグカップを洗濯物でひっかけてしまう。

　カフェオレがソファーにこぼれた。

１２　しろくまハウジング・オフィス

　会議中のとわ子、カレン、悠介、頼知、羽根子、六坊、社員たち。

　六坊が書類を見ながら意見を述べている。

六坊「いや、梅雨時になるとゆがみが出てきますから、むしろ床材《ゆかざい》を変更すべきかと……」

　とわ子、喉に違和感があって、咳払いしてしまう。

六坊「ま、このままでよろしいか（と、意見をやめてしまう）」

とわ子「（あ、と）……」

　むすっとしている六坊をちらちら見るとわ子。

Ｎ「社長の咳払いはパワハラになる。そもそも社長になんかなるつもりなかった」

１３　回想、しろくまハウジング・オフィス

　図面を作成しているとわ子。

Ｎ「図面を書いていれば幸せだったのに」

×　×　×

　部長席に座り、部下に指示を出しているとわ子。

N「思いのほか出世して」

14　回想、病院のベッド

横たわっている城久間幹生《みきお》の前に六坊とベテラン男性社員たちが並ぶ中、一番端にとわ子がいる。

N「三ヶ月前、オーナー社長が腰を痛めて引退し」

幹生がとわ子を示す。

N「先輩たちをさしおいて、社長に指名された」

15　しろくまハウジング・オフィス

社員たちが口々に喋っているのを見ているとわ子。

N「ベテランには気を遣う。若手からは気を遣われてもっと気を遣う。社長って孤独だ」

×　×　×

とわ子、インテリアのカタログを見ながら太陽と打ち合わせをしている。

N「社外の人と話している方がずっと気が楽」

カタログに『体が溶けるソファー』というのがある。

太陽「これね、一度座ったら二度と立てなくなります」

とわ子「決めました。これ買います。溶けます」

傍らを通った慎森、聞いていて、……。

16　レストラン『オペレッタ』・店内（夜）

八作、グラスを磨いていると、厨房で潤平がスマホを手にしてうなだれていて。

潤平「評価二だってさ……」

八作「気にすることないよ。そういう人はどの店行ったって、なんにだって悪口書いてるから」

店のドアが開き、見ると、カメラバッグを両肩にかけた鹿太郎が入って来た。

鹿太郎「（笑顔で）来てあげたよ」

鹿太郎が動くたびにカメラバッグが振り回されて、積んであったグラスを倒しそうになる。

八作「（グラスを避けながら）こんばんは」

×　×　×

席に着き、ビールを飲んでいる鹿太郎。

鹿太郎「あの弁護士だけは気を付けた方がいいよ」

八作「仲悪いんですか」

鹿太郎「この間ね、帰りにタクシー乗ったでしょ。あの時、僕が三百円多く出したんだよ。なのに彼はありがとうを言わなかったの。あれ？　って思ったよね。百円や二百円じゃないの、三百円多く出してもらったのに彼は知らん顔してたの。あれ？　って思うでしょ？」

八作「はい（と、とりあえず）」

鹿太郎「仲が悪いって言い方だと、どっちもどっちみたいでしょ。僕が赤ずきんちゃんだとしたらあいつはオオカミ。僕がジョギングだとしたらあいつは座り仕事。僕がプールで泳いでたら、あいつはおしっこしてる。それでもどっちもどっちって言える？」

八作「なるほど」

その時、ドアが開き、入って来る慎森。
前に座るなり、鹿太郎を見て。
慎森「今日は英字新聞のシャツ着てないんですね」
鹿太郎「今君が来て数秒だけど、言いたいことが既に三つある」
慎森「(八作に) それは何ですか?って聞いてあげてください」
八作「(鹿太郎に) それは何ですか?」
鹿太郎「人のシャツの柄にいちいち興味を持たないのが正しい大人のふるまいだと僕は思う」
慎森「なるほど」
鹿太郎「挨拶くらいしたらどうだろうか」
慎森「言ったってことにしておけばいいでしょ?」
鹿太郎「何で君の挨拶を僕の想像で埋めないといけないの?」
慎森「挨拶は大事って言う人、挨拶って漢字で書けるのかな」
鹿太郎「(思い浮かべ、書けず) あのさ僕、言うつもりなかったけど、この際言うわ……」
慎森「三百円ですか? 返しますね」
鹿太郎「何でわかったの」
慎森「絶対気にしてるだろうなと思ってたんで (と、財布から三百円出し、差し出す)」
睨み合う慎森と鹿太郎。
八作「(見ていて) 三、四、五……」
鹿太郎「え、何?」
八作「恋の六秒ルールです。六秒見つめ合ったらそれはもう恋に落ちた証拠なんですって」
妙に照れてしまう慎森と鹿太郎。
鹿太郎「五秒だったよね」

慎森「ギリセーフでしたね」

17　通り

待ち合わせた、仕事帰りのとわ子と学校帰りの唄。

とわ子「チーズフォンデュね……」

とわ子、スマホで検索しようとすると、唄、とわ子の手を引いて歩き出す。

唄「知ってる店あるから」

18　レストラン『オペレッタ』・店内

来店したとわ子と唄の席に八作がチーズフォンデュを置いて。

八作「お待たせしました」

唄「おーうまそ」

とわ子「なんてこった……（と、むっとしている）」

別の席に慎森と鹿太郎がおり、こっちを見ている。

唄「この状態が来年まで続けば、三人からお年玉貰えるってことか」

とわ子「続かないよ、貰えないよ」

鹿太郎「お小遣いだったら今あげるよ（と、立つ）」

唄「貰う（と、立つ）」

とわ子「（鹿太郎に）来ないで。（唄に）座って」

鹿太郎「はい」

唄「母が三回離婚してることの良さを享受してるんだよ」

とわ子「良さなんかないよ」

唄「仲良くしなよ」
とわ子「なるほどね。でも仲良くすることの良さが皆目見つからないな。いただきます（と、食べて）あつっ」
唄「熱くないよ（と、食べる）」
とわ子「あつ。あつ。あつーあつ」
とわ子の方を盗み見している鹿太郎。
慎森「まるでストーカーですね」
鹿太郎「いまだに彼女の会社で働いてる君の方がよっぽどストーカーだと思うけどな」
慎森「僕は仕事なんで」
鹿太郎「（とわ子に）本当はこの男と会社で顔を合わせるの気まずいよね？」
とわ子「別に。ただの過去なんで」
慎森「……」
鹿太郎「（慎森に）過去だってさ」
慎森「あなたもですよ」
鹿太郎「（八作に）過去だって」
八作「女性の過去になれるって幸せなことじゃないですか」
鹿太郎「（かっこいい、と思って）それね。僕も思ってた。僕が前々から思ってたことと同じだ」
慎森「（苦笑）」
鹿太郎「君、人のこと、クスクス笑うの良くないと思うよ」
慎森「（苦笑）」
鹿太郎「クスクスするのはやめろって……」
唄「喧嘩するならこっち来たら？」

鹿太郎「うん」
　鹿太郎、とわ子たちの席に来る。
とわ子「来なくていいよ。あつ」
唄「慎森もおいでよ」
　慎森、行こうと思うと。
鹿太郎「彼は来ないよ。未練がましくない人だから」
　慎森、行けなくなって、……。
鹿太郎「僕は正々堂々と未練がましいから来た。いただきます」
　食べはじめる鹿太郎。
鹿太郎「あー家族の味がする」
とわ子「(そんな鹿太郎にむっとしつつ、食べたら) あつ」
　慎森、斜に構えて。
慎森「チーズフォンデュって、底が見えないから何が入ってるかわかりませんよね」
　とわ子、唄、鹿太郎、え、と鍋を見る。
慎森「そういえばある店で隣のテーブルのチーズフォンデュから、蟬の幼虫が大量に出てきたことがあったかな」
　とわ子、唄、鹿太郎、……。
慎森「煮えたチーズの底からわらわらと、もうチーズなのか煮込み過ぎて溶けた……」
鹿太郎「(八作に) 入ってるの?」
八作「入ってません」
鹿太郎「(慎森に) 君、気を付けた方がいいよ。嫌われるよ」
慎森「嫌われて困ることが特に見つからないんで」

鹿太郎「人から嫌われるのが怖くなくなった人は、怖い人になりますよ？」
とわ子「相手にしない。相手にするから調子に乗るんだよ」
慎森「……」
全員が静かなまなざしで慎森を見ている。
慎森「……（微笑って）そうですよ。相手にしなければいいんですよ。ちょっと挑発したらまんまとキレて……」
とわ子「（遮って、鹿太郎と唄に）食べよ」
鹿太郎「うん」
とわ子、唄、鹿太郎、美味しい美味しいと食べる。
八作、唄にオレンジジュースを出す。
鹿太郎「（八作に）これ、僕の奢りで」
唄「ありがとう」
とわ子「十年経っても言われるよ？　僕の奢ったオレンジジュース美味しかった？って」
鹿太郎「言わないよ。でも、僕の奢ったオレンジジュースは十年経っても僕の奢ったオレンジジュースでしょ？」
笑い声と楽しげな会話が聞こえる中、慎森はひとり。
慎森「（冷静を装って飲んでいて）……」

19　通り

店を出て、歩くとわ子、唄、慎森、鹿太郎。
唄「（慎森と鹿太郎に）そこの二人、手を繋ぎなさい」
慎森、鹿太郎、は？　と。

唄「繋がなかったら二度と二人には会いません。早く」
慎森、鹿太郎、嫌そうに手を出し、仕方なく繋ぐ。
唄「違う、恋人繋ぎ」
鹿太郎、仕方なく慎森と恋人繋ぎをする。
しかし慎森、鹿太郎の手を振り払って走り出す。
鹿太郎「あ、逃げた！」
唄「慎森！」
どんどん走って行く慎森。
鹿太郎「彼、あの顔で走り方はめっちゃダサいな」
唄「慎森、体育の成績が十二年連続で一だったんだって」
鹿太郎「先生方、容赦ないな」
とわ子「（走って行く慎森の後ろ姿を見ていて）……」

20　公園

逃げ出してきた慎森。
スリーオンスリー用のバスケットゴールがある。
慎森、落ちていたボールをゴールに投げる。
まったく届かず、転がっていく。
笑い声が聞こえて、振り返ると、翼が見ていた。
N「小谷翼。最近知り合った」

21　居酒屋・店内

飲んでいる慎森とがつがつ食べている翼。
慎森「突然の派遣切りで住む家もなくした。普通そういう時のために貯金しとくんですよ」
翼「貯金て（と、苦笑）」
慎森「その余裕がなかったとしても、いろんな制度があるんだから、自分の責任ですよ」
翼「制度って？　どうすればいいの？」
慎森「相談料は三十分一万円です」
翼「弁護士の先生って正義のために戦うんじゃないの？」
慎森「ええ、正確にはお金になる正義のためです」
翼「先生はさ、人の笑顔を見て嬉しくなったりしないの？」
慎森「人が笑ってるのを見て嬉しくなる？　え、何で？」
翼「人を幸せに出来たら自分も幸せになれるでしょ？」
慎森「そういう言葉は紙に書いて、あのトイレの壁にでも貼っておけばいいんじゃないかな……」
翼「わたし、辞めさせられた会社を訴えたいんだよ」
慎森、え……、と真顔になるものの、すぐに苦笑し。
慎森「人を幸せにしたら自分も幸せになれることは知ってます」
翼「だったら……」
慎森「洗濯機でご飯が炊けますか？　洗濯機で髪の毛乾かせますか？　人間にもそれぞれの機能がある。（どこか遠い目で）僕には人を幸せにする機能は備わっていません」

22　ビジネスホテル・部屋

風呂に入っている慎森。

ジップロックに入れたスマホで、とわ子と慎森がソファーで寄り添っている写真を見ていて、……。

23　回想

ショップのオープニングパーティーが行われており、隅の方にひとりいて、退屈そうな慎森。

少し離れたところに、スマホで話している男がいた。

男はスマホを横に倒して話している。

慎森、その様子を意地悪な気持ちで眺める。

ふと気付くと、向こう側にとわ子がいて、スマホの男を見ていた。

とわ子もまた意地悪な目で男を眺めている。

ふいにとわ子、向きなおって、慎森と目が合った。

照れながらも目配せしてスマホの男を見て、お互いに同じことに注目していたことを確認し合う。

×　×　×

通りを歩いているとわ子と慎森。

スマホを横にして話している真似《まね》をして、意地悪に笑っている二人。

とわ子「あーどうもどうもー」
慎森「はいはい、どうもー、お世話になっておりますー」
とわ子、何かに気付き、歩み寄って行く。
粗大ごみ置き場にソファーが置いてあった。
とわ子、いいなあと思って触っていると、慎森、ソファーの片側を掴んで持ち上げて。
慎森「持って帰っちゃっていいんじゃないですか？」

× × ×

坂道をソファーの両端を持って運ぶとわ子と慎森。

とわ子「ごめんなさい、坂の上だってこと言ってなくて」

慎森「大丈夫です、がんばりましょう（と、ぜいぜい）」

登って行く二人。

× × ×

部屋に、ソファーを運び込んだとわ子と慎森。

とわ子・慎森「せーの（で、置く）」

× × ×

部屋にソファーもあって、結婚後のとわ子と慎森。

とわ子は出勤前で、慎森はエプロン姿で。

とわ子「（少し疲れていて）じゃ、行ってくるね」

慎森「待って」

慎森、とわ子のおでこに自分のおでこをくっつける。

慎森「（微笑んで頷き）充電完了」

おでこをくっつけたまま笑みをかわす二人。

24 ビジネスホテル・部屋

また寝てしまって、お湯の中に沈んでいる慎森。

慎森、ぶはーっと顔を出し、慌てて出ようとして、またシャワーノズルにおでこをぶつける。

慎森「痛い。大丈夫。痛い。大丈夫」

25　ハイツ代々木八幡・大豆田家の部屋（日替わり）

丼系の料理を運んで来るとわ子。
かごめと唄が適当なヨガのポーズをしている。

かごめ「ここでセミナー開かせてもらってさ、月額ひとり十万円くらい？　あんたにも分け前あげるからさ」

とわ子「わたし、詐欺で訴えられたくないんで」
テーブルに集まって、食べはじめる三人。

とわ子「仕事さ、うちの会社来たら？　歓迎するよ」

かごめ「会社勤めは一生しない」

とわ子「（事情を知っており、そっか、と）」

かごめ「（とわ子は）よくやってるよ」

とわ子「毎日ひーひー言ってます」

かごめ「顧問弁護士さんは助けてくれないの？」

とわ子「ある意味そこが一番面倒くさい」

かごめ「面倒くさいって気持ちは、好きと嫌いの間にあって、どっちかっていうと、好きの方に近いんだよ」
とわ子、なんとなくソファーを見つめて。

とわ子「それはないな」
その時、また上の階からバタバタと音がする。

埃が落ちてくるので、丼を持って、退避する三人。

とわ子「最近、毎日なんだよね」

かごめ「やっぱセミナーやってるんじゃない？」

インターフォンが鳴った。

×　×　×

新しいソファーが届いて、座るとわ子とかごめ。

とわ子「あーこりゃいいわー。溶ける溶ける」

かごめ「よく溶けるわー。このまま寝れるわー」

唄「洗濯物は置かないでよ。あれはどうすんの？」

脇に避けてある、前のソファー。

とわ子「（見つめ）……」

N「そうは言っても、長年使い続けたソファーだ」

26　同・エレベーター前

とわ子とかごめと唄、ソファーを運んで来るが、ドアにひっかかってエレベーターに乗れない。

N「思い入れがあるし、物は大事にしたい方だ」

27　同・大豆田家の部屋

とわ子とかごめと唄、のこぎりでソファーの脚を切り落としている。

N「でも一旦割り切ったら決断が早い大豆田とわ子」

２８　同・ごみ捨て場

とわ子とかごめと唄、ソファーを運び込んで来た。
唄、粗大ごみシールを貼る。
何やらうさぎの人形が捨ててあった。
唄、手に取り、背中のボタンを押してみると、「にんげんっていいな」が流れて踊りはじめた。
面白がって持って行こうとする唄。

とわ子「何それ怖い怖い怖い、拾わないで」

２９　しろくまハウジング・エレベーター前（日替わり）

とわ子、エレベーターに乗る太陽を見送っている。

太陽「バスケ、行きましょうね」

太陽、ボールを投げる真似をして、ドアが閉まる。
とわ子、ボールを受けて、……。

慎森「結婚相手として理想的な人だよね」

隣に立っている慎森。

慎森「ああいう人となら幸せになれるんだろうね」

とわ子、むっとし、立ち去る。

慎森「（その背中に）次は当たりが引けるといいね」

慎森、振り返ると、六坊が立っていた。

慎森「いや、色々ありまして」

N「みんな色々ある」

30　ロケバスの車内

鹿太郎、機材の準備をしている。

N「二番目の夫にも色々ある」

ヘアメイクの高梨沙都子《たかなしさとこ》（50歳）と話している。

鹿太郎「興味のない男に自撮りを毎日送ったりします？」

沙都子「佐藤さんに？　女性から？　それ、多分カルトだよ」

鹿太郎「やっぱカルトか」

鹿太郎、ラインを開くと、『古木美怜さん』から、自撮り写真が何枚も送られている。

その時美怜からのメッセージが届き、『カレー作りすぎてしまったから食べに来ません？』と。

鹿太郎「……（沙都子に）カレーを食べるカルトってあります？」

31　高級マンション・美怜の部屋（夜）

向き合って話している鹿太郎と美怜。

鹿太郎「俺のことは忘れろって言ったろ」

美怜「忘れようとしたよ。でも逆に思い出しちゃうんだよ」

鹿太郎「俺だって逆に君のこと好きになってたんだ」

美怜「だったら逆行かずにこっち来てよ」

鹿太郎「（頷き）逆の、逆行く」

鹿太郎、身を乗り出した時。

美怜「はい、どうもありがとう（と、あっさり）」

鹿太郎「……はい」

二人の手元には『劇場版　逆に愛してる』という映画の台本があった。

美怜「いいじゃん、上手上手、お芝居の経験あるの？」

立ち、キッチンに行く美怜。

鹿太郎「いや、ただただ無我夢中で」

美怜「いいお稽古になったよ」

鹿太郎「こちらこそ、生で古木美怜さんのお芝居見られるなんて感激です。お邪魔しました」

鹿太郎、上着を着て帰ろうとすると、美怜、グラスに焼酎を注ぎながら。

美怜「台本読んでもらうために来てもらったんじゃないよ」

鹿太郎「（え、と）」

美怜、グラスを鹿太郎に差し出して。

美怜「（急に別人のように可愛く伏し目がちに）佐藤さんと一度お話がしたかったんです」

鹿太郎「……」

N「色々ある」

32　レストラン『オペレッタ』・店内

客にワインを注いでいる八作。

N「最初の夫にだって色々ある」

客は出《で》口《ぐち》俊朗《としろう》（40歳）で。

俊朗「俺みたいのがこんなおしゃれなお店に来ていいのかな」

潤平、厨房から。

潤平「（八作に）ずっとそわそわしてたよね。今日は大好きな幼なじみが来るんだよーって」

八作「（照れながら）ま、大好きだけど」

俊朗「今日俺さ、八作に彼女紹介しようと思ってるんだよね」
八作「え、彼女出来たの？」
俊朗「遂に出来たんだよ。まだはじまったばっかりなんだけどさ、（小声で）キスはした」
八作「キスはした（と、微笑って）」
俊朗「キスはした（と、微笑って）」
ハイタッチする二人。
俊朗「もしかしたらおぼえてる？　この間、俺、急に来れなくなって、彼女ひとりでここでお茶して帰ったんだって」
八作「（記憶を辿って、首を傾げる）」
その時、ドアが開いて、入って来る早良。
俊朗「（手を振って）早良」
早良、俊朗の元に笑顔で来る。
早良「また反対方向の電車乗っちゃった」
俊朗「また？（と、微笑って）紹介する。俺の親友の田中八作」
早良「三ツ屋早良です」
八作「田中です」
俊朗「まさか俺にこんな綺麗な彼女が、だろ？」
八作、早良のことをチラ見していたら、振り返った早良が微笑む。
八作「（内心ある思いがよぎりながら、椅子を引き）どうぞ」
N「色々ある、かもしれない」

３３　しろくまハウジング・オフィス（日替わり）
応接スペースにて、他社の社長と話しているとわ子。
N「年商一千億円企業の社長さん。財界きってのグルメだ」
社長、何やら美しい桐の箱を置く。
社長「大豆田さんね、わたしはこう考えます。すき焼きという食べ物は卵を食べるものだ、と」
社長、桐の箱を開けると、十個入りの卵。
社長「これ、わたしが十年かけて開発した、すき焼きに特化した卵です。この卵に付けて食べれば、どんな安い肉だろうと美味しく食べられます。どうぞ」
とわ子「いただけるんですか……！」
とわ子、嬉しそうに卵を見つめる。
N「それを写真に撮って、娘に送ったところ……」

×　×　×

昼食中のとわ子、スマホを見ると、唄のインスタの画面に卵の写真がアップされている。
N「娘がインスタにアップし、三人の元夫たちからいいねが付けられて」

３４　ハイツ代々木八幡・大豆田家の部屋（夜）
桐の箱の卵を前にし、うんざりしているとわ子。
N「材料を持ち寄った元夫たちと共に、すき焼きパーティーを開くことになった」
唄に招かれて入って来る慎森、鹿太郎、八作。
両手に買い物袋や鍋の箱などを持っている。

鹿太郎「すき焼きは肉を食べるものではなく、卵を食べるもの。確かにそれ一理ありますね」
八作「焼き肉はタレを食べるものですもんね」
鹿太郎「うなぎもタレを食べるものですもんね」
三人、とわ子を見て。
八作「こんばんはすき焼き」
鹿太郎「こんばんはすき焼き」
とわ子「(しかめっ面で) こんばんはすき焼き」
仕方なく来ましたみたいな顔をしている慎森、壁に立てかけてあるのこぎりを手にし、何で？と思う。
とわ子「(それを見て、まずいと思って) どうぞ」
慎森「こんばんはすき焼き」
慎森、新しいソファーに気付き、周囲を見回す。
前のソファーがないことがわかり、とわ子を見る。
目を逸らすとわ子。
N「こうして春のすき焼き祭りがはじまった」

×　×　×

テーブルにコンロとすき焼き用鉄鍋が用意されて。
八作「これは、鉄鍋界の鬼切丸《おにきりまる》と呼ばれています。日本刀職人の手で作られて、火加減が絶妙なんです」
唄「へー、すごいねー」
とわ子「(棒読みで) へー、すごいねー」

　鹿太郎が大皿に盛った白菜とネギ、豆腐、シラタキ、えのきなどを持って来て。

鹿太郎「これね、白神山地《しらかみさんち》で取れた白菜で、深さ三メートルの雪の中から掘り出されたものなの」

　慎森が醤油とみりんと砂糖を運んで来て。

慎森「今年百十五歳になる大河原松蔵《おおかわらまつぞう》さんが作った醤油です」

鹿太郎「これはすき焼き界のビッグバンだね。その卵が加わったら並行宇宙が生まれるかもしれないね」

八作「生まれますねー」

とわ子「（食材全体を見ていて、あれ？　と思う）」

唄「じゃあ見ましょうか、本日の主役を」

　唄、桐の箱を開けて、卵を見せる。

鹿太郎「あ、眩しい」

八作「こんな卵見たことありません」

鹿太郎「やっぱプロから見てもそう？」

とわ子「（見回していて、え、え、大丈夫か？　と）」

唄「十個あるから、ひとり二個ずつね」

鹿太郎「ひとりで三個食べちゃダメだよ？」

八作「食べませんよー」

慎森「お腹空きました。早く食べましょう」

鹿太郎「よし、じゃあ作ろう」

　全員、調理をはじめようとする。

とわ子「（大丈夫なのか？　と）」

慎森「えーっと……」

全員、何かを探す。
鹿太郎「えっとね、えーっと、まずは……」
全員、何かを探す。
八作「うーん……」
とわ子、やはりそうか、と悟って。
とわ子「誰も肉買って来てないね？」
全員、……。
とわ子「みんな買って来てないでしょ、肉。ね？」
八作「いや、鍋は持って来ましたし……」
鹿太郎「白菜も持って来たし……」
慎森「醤油ありますよ……」
とわ子「うん、肉は？」
全員、……。
鹿太郎「ま、すき焼きは卵を食べるものだから……」
全員、は？　と鹿太郎を見る。

35　同・エントランス

肉を買いに出かけて行く鹿太郎、八作、唄。
唄「神泉《しんせん》のスーパーだったらまだ開いてるかも」
八作「うちの店の冷蔵庫見てきます」
後ろから慎森も来ていたが、みんなと行かず、こそこそと踵《きびす》を返し、廊下の奥に行く。

36　同・ごみ置き場

入って来た慎森、捨てられたソファーを見つけた。
思わず蹴飛ばして。

慎森「痛い」

37　同・大豆田家の部屋

玄関のドアを開け、後ずさりするとわ子。
入って来た慎森。

とわ子「(外を示して) 行かなくていいの?」
慎森「肉買うだけに四人はいらないでしょ」
とわ子「あ、そう」
とわ子、警戒しつつソファーに戻り、お茶を飲む。
慎森「(見ていて) ……それ、腰痛くならないかな」
とわ子「何が?」
慎森「柔らか過ぎるソファーって腰痛くなるでしょ」
とわ子「ならないよ」
慎森「あ、そう。あ、でも洗濯物置くところに困るよね。それだと、洗濯物置きっぱなしにしにくいでしょ」
とわ子「まあね、せっかくのいいソファーだし……」
慎森「ね。もう一個洗濯物置きっぱなし用ソファーが必要だね」
とわ子「ベッドとかに置くから」

慎森「なるほどね、ベッドね。あ、でも、ベッドに洗濯物置いとくと、夜寝る寸前に気が付いて、あー今すぐ寝たいのにこれどかさなきゃあってなるよね」
とわ子「夜まで置きっぱなしにはしない」
慎森「あ、そう。あ、でも、ソファーの方がすぐ畳む体勢に入れるし、そもそも洗濯物置けないソファーってソファーとは言えないでしょ」
とわ子「言える」
慎森「……え、何、俺、面倒くさい？　面倒くさかったら言って？」
とわ子「面倒くさいっていうか……」
慎森「太陽さんと付き合うの？」
とわ子「（苦笑し）面倒くさい」
慎森「付き合うかもしれない？」
とわ子「（微笑っていて）付き合いません」
慎森「違う違う、祝福してるんだよ、僕は」
とわ子「じゃ、放っといてもらえますか」
慎森「え、何で怒ってるの？　祝福してるのに」
とわ子「怒ってないよ。何で離婚した夫に怒るの？」
慎森「こいつ、最悪だなって思ってる？」
とわ子「わたしが言ってないことはわかった気になるくせに、わたしが言ったことはわからないふりするよね。何で離婚した夫が離婚した妻に……」
慎森「いちいち離婚したって言う必要あるかな。お寿司食べる時にいちいち、死んだ鮪美味しい、死んだ海老美味しいねって言う？　言うかな？」
とわ子「……（思わず微笑ってしまって）はいはい」

慎森「（納得いかずにもやもやしていて）」
　とわ子、内心面白い人だと思って首を傾げて微笑いながら、お茶を飲む。
とわ子「怒ってもないし、面倒くさくもないよ。だってもう他人だもん。関係ないもん」
慎森「うん、他人だね。関係ないね。清少納言《せいしょうなごん》とステーションワゴンくらい関係ない」
とわ子「（苦笑し、突っ込もうとすると）」
慎森「他人だけど、関係ないけど、早く他の人と付き合って欲しいんですよ……」
とわ子「何で……」
慎森「じゃないとこっちが終われないんですよ」
とわ子「……」
慎森「あ、ごめん、待って、（胸に手を当て、自問自答し）僕は今冷静です。一時的な感情に流されてるわけじゃない。うん。（とわ子に）はい」
　慎森、とわ子の隣に座る。
慎森「僕と君は、話し合って離婚したわけじゃないよね。色んなこと話さないまま、放ったらかしのまま別れたから、まだ終われてないと思うんだ。紙は出したけど、さよならは言ってない」
とわ子「（首を傾げ）そうだっけ？」
　とわ子、慎森を避けて、端に寄る。
　置いてあったうさぎの人形をお尻で押してしまって。
うさぎ「♪　くまのこ見ていた　かくれんぼ　おしりを出したこ　いっとうしょう」
　歌いはじめたうさぎ。
慎森「つまりまだ過去じゃない。過去に出来てないんだよ。ある意味、離婚はまだ続いてる」
とわ子「（歌ううさぎが気になって止めようとし）そう？」
慎森「だから僕は思うの。いっそ幸せになってくれたら。幸せにしてくれる人に出会ってくれたら」

とわ子「（うさぎが気になって止めようとして）そうかな？」
慎森「僕も君とのことを思い出に出来るのではないだろうか。さよならが言えるのではないだろうか」
　とわ子、うさぎのボタンを押し、止めて。
とわ子「そうかな？　わたしは……」
　その時、慎森、遮るように、とわ子のおでこにおでこをくっつける。
慎森「ごめん、本当は思い出に出来ない。さよならが言えない」
とわ子「（はっとして）……」
　二人、おでことおでこをくっつけたまま。
慎森「またあのソファーに君と座って、なくした時間を取り戻したい」
とわ子「……」
　とわ子、薄く微笑んで。
とわ子「なくしたんじゃないじゃん。捨てたんじゃん。捨てたものは帰ってこないよ」
慎森「……」
とわ子「わたしはもう思い出にしたし、さよならも言った。結婚も恋愛も契約とは違うから、ひとりが決めたらそれで終わりでしょ」
慎森「（その言葉が深く届いて）……」
とわ子「異議はありますか？」
慎森「……（苦しいが、その通りで）ありません」
　その時、物音がした。
　二人、え？　と見ると、帰って来た唄が立っている。
唄「お肉なかった」

唄、二人の傍らを通り過ぎ、自分の部屋に行く。
とわ子と慎森、慌てて離れて、立ち上がって。

とわ子「違う違う違う」
唄「何で隠してたの？　偽装離婚だったの？」
とわ子「隠してないよ」
慎森「真実離婚だよ」
とわ子「ね」
慎森「ね」

唄、部屋に入り、強くドアを閉める。
とわ子と慎森、ドアに向かって。

とわ子「違うって」
慎森「仲悪いままだって」
とわ子「仲悪いよね。今にも吐きそうなくらい嫌いだよね」
慎森「うん。犬派ですか猫派ですかって聞かれるより嫌い」
とわ子「紙でぴって手切れるより嫌い」
慎森「お休みの日は何してるんですかって聞かれるより嫌い」
とわ子「ビュッフェのカレーのおたまの持つとこにカレー付いてるのより嫌い」
慎森「椅子に座ってから券売機で食券買ってくださいって言われるのより嫌い」
とわ子「戦争より嫌い」

その時、インターフォンが鳴った。
画面の中、肉のパックを自慢げに見せている鹿太郎と八作が映っている。

× × ×

テーブルを囲んですき焼きを食べているとわ子、鹿太郎、八作、唄。

とわ子「やっぱりすき焼きは肉を食べるものだね」

八作「中村さん、何で帰っちゃったんでしょう」

その時、また頭上からバタバタと激しい物音。

とわ子「(天井を見て) またはじまった……」

落ちてくる埃からすき焼きを守る一同。

38 公園

歩いて来る慎森。

翼がいて、颯爽とドリブルして、ゴールを決めた。

× × ×

ベンチに腰を下ろして話している慎森と翼。

翼「過去にしがみつく惨めな男だ」

慎森「そうですね」

翼「弱い犬ほどよく吠える」

慎森「その通り」

翼「性格悪い友達とは会わなければいいけど、性格悪い自分とは別れられない。ひねくれて、嫌われて……」

慎森「言い過ぎじゃない?」

翼「先生のパラメータ、攻撃力は百なのに防御力は一だね。弁護士でしょ？　それがルールなんだって思えばいいでしょ。どうして割り切れないの」

慎森「（自嘲的に苦笑し）……幸せだったからでしょ。いいことだってあったからでしょ」

慎森、立ち上がって、ドリブルしようとする。

すぐに失敗し、ボールが転がる。

また拾って、ドリブルしようとして、また失敗し、拾いに行って、と続けながら。

慎森「お正月って、いると思う？　運動会って、いると思う？　何でかな。子供の頃からイベントが嫌いだった。クリスマスも節分も、みんなが楽しんでるものに居場所が見つからなかった。あいつら何はしゃいでるんだって言って、隅の方で悪態ついてた。でもね、彼女との結婚式だけは幸せだった。めっちゃ楽しー。めっちゃ最高。幸せハッピー。この人に出会えた俺、世界一幸せだって思えた瞬間があったんだ」

失敗し、ボールが転がっていった。

慎森「あったのに、自分で捨てちゃったよ（と、微笑う）」

翼、ボールを拾って、慎森の元に持って行き。

翼「スポーツの世界の一番は勝った人じゃないよ。金メダル取った人でもないよ。グッドルーザー。負けた時に何を思ったか、何をしたかで、本当の勝者は決まるんだよ」

慎森「グッドルーザー……」

その時、ポケットの中のスマホのバイブ音が鳴る。

39　ハイツ代々木八幡の近くの通り

走って来る慎森。

通りにパトカーが駐まり、刑事、警察官がいる。

近隣の住人たちが出て来て、遠巻きに見ている。
八作と鹿太郎と唄が身を寄せ合っている。
今まさにとわ子が刑事たちに促されてパトカーに乗り込むところだった。
慎森、⁉　と駆け寄るが、とわ子はパトカーに乗せられ、ドアが閉められた。
慎森、三人の元に行って。
慎森「何⁉　何⁉　何があったの⁉」

40　回想

すき焼きを食べているとわ子、八作、鹿太郎、唄。
N「まだ浮かれてた頃の大豆田とわ子」
とわ子「（天井を見て）またはじまった……」
上の階から激しい物音がして、みんなですき焼きを守っていると、女性の悲鳴が聞こえた。
鹿太郎「え……今の、悲鳴じゃないですか？」
とわ子「違うでしょ、悲鳴っていうのはもっと……」
完全な悲鳴が聞こえた。
八作「悲鳴ですね。ちょっと見て来ます」
鹿太郎と八作、部屋を出て行く。
とわ子「え、嘘、大丈夫？　大丈夫なの？　気を付けて」
とわ子、おびえている唄を見て。
とわ子「ここにいて。外に出ちゃダメだよ」
とわ子、持っていたおたまを置き、見回して、壁に立てかけてあったのこぎりを手にする。
部屋を出て行く。

N「娘は守ると心に誓った大豆田とわ子」

×　×　×

廊下、悲鳴を聞いた住人たちが部屋から出ている。

とわ子が通る。

とわ子の手にはのこぎりがある。

住人たち、驚き、……。

N「悲鳴を聞いて出て来た住人たち。どう見たって犯人に見える大豆田とわ子」

×　×　×

上の階の、とある部屋の前。

とわ子が来ると、部屋から初老の夫婦が出て来ており、同じ階の住人たちに謝っている。

鹿太郎と八作も傍で事情を聞いている。

部屋の中から、「返せよー返せよー、俺のみーこを返せよー」という男の怒鳴り声が聞こえる。


住人「息子さん、大事なうさぎちゃんを捨てられたとか言って、暴れたらしいよ」

みんな初老の夫婦に同情している。

何だそういうことだったのかと聞いているとわ子。

N「幸いにしてご夫婦に怪我《けが》はなかったが、のこぎり女がマンションに侵入したとの通報が警察に入った」

N「これ、のこぎり女」
とわ子、やれやれと苦笑する。

41　ハイツ代々木八幡の近くの通り

とわ子を乗せたパトカーが走り去るのを見送る慎森、鹿太郎、八作、唄。
やれやれという顔をしている唄。

唄「大丈夫だと思うよ」
八作「事情を聴くだけだって言ってましたよね」
鹿太郎「警察の人たちもわかってる感じだったし」
比較的落ち着いている三人。
しかし慎森は足が震え、拳を握りしめている。

慎森「唄ちゃん。安心して」
慎森、唄の肩に手をやって。

慎森「大丈夫。ママは僕が助ける。（八作と鹿太郎に）唄を頼みます」
走り出す慎森。
ダサい走り方で走って行く。

唄「（その背中に）走んなくても大丈夫だと思うよー！」

42　道路

走る慎森。

×　×　×

回想、坂道をソファーの両端を持って運んでいるとわ子と慎森。

×××

走る慎森。
息が荒く、苦しくて、膝に手をつく。

×××

回想、ソファーで陸上中継を見ながら喋っているとわ子と慎森。
慎森「絶対この人より犬の方が足速ぃよね」
とわ子「渋谷のねずみの方が速ぃよ」

×××

顔を上げ、再びがんばって走る慎森。

×××

回想、ソファーで毛布にくるまったとわ子と慎森。
とわ子「いいんだよ、はみ出したって。嫌なものは嫌って言っておかないと、好きな人から見つけてもらえなくなるもん」
慎森「(嬉しくとわ子を見つめ) ありがとう」

43 警察署・廊下

よろめきながら入って来る慎森を刑事が呼び止める。
刑事「あんた、何」

慎森、壁に手をつき、完全に息が切れていて。

慎森「お、お、大豆田とわ子の……離婚した元夫です」

顔を上げ、必死に告げる。

N「三時間後、大豆田とわ子は無事釈放された」

44　しろくまハウジング・オフィス（日替わり）

会議中で、とわ子、カレン、悠介、頼知、羽根子、六坊たちが出席している。

慎森が入って来て、座る。

慎森「（ものすごい小声で、おはようございますと言う）」

え？　と聞き耳をたてる一同。

カレン「（怪訝に思いつつ）おはようございます……」

慎森「（俯《うつむ》いたまま、小声で）おはようございま……」

全員、驚き、おはようございますと声をかける。

慎森「……（とわ子を見る）」

とわ子「おはようございます」

慎森「……（全員に）おはようございま、す」

×　×　×

慎森、書類を読んでいて、ふと気付く。

向こうに太陽がいて、スマホで話している。

太陽「どうもどうもー、お世話になっておりますー」

スマホを横に向け、マイクに向かって話すスタイル。

慎森、にやにやと眺めていたら、向こうにいるとわ子もまた、そんな太陽をにやにやと見ていた。

だねと確認し合って微笑む二人。

45　とあるカフェ・店内

向かい合って座り、お茶をしているとわ子と慎森。
慎森「お疲れさま」
とわ子「お疲れさま。（店内を見回して）この店で社長になること決めたんだよね」
慎森「そうなんだ」
とわ子「オーナーから、君に引き受けてもらいたい、受けるかどうか一時間以内に決めなさいって言われてさ。とりあえずここに来て。さて、どうやって断ろうかって」
慎森「ま、そうだろうね、君が社長なんて」
とわ子「でしょ」
慎森「ここでどんな心境の変化があったわけ？」
とわ子「たいしたことじゃないんだよ。面倒くさいなって思いながらコーヒー飲んでたらさ、（向こうのテーブルを示し）あそこ、あの席に高校生の女の子がいたの」
慎森「（そのテーブルを見ながら）うん」
とわ子「その子ね、目の前にタルト、苺のタルトを一個置いて、受験勉強してたの。分厚い数学の問題集を、頭抱えるみたいにして唸《うな》りながら一生懸命解いてた」
慎森「うん」
とわ子「でね、解き終わったら勉強道具を鞄にしまって、彼女、ずっと目の前に置いておいた苺のタルトを食べはじめたの。美味しそうだった」

慎森「（あー、と）」
とわ子「それをね、見てね、社長を引き受けることに決めたの。ま、別に意味はないんだけどさ、なんとなく……」
慎森「（頷く）」
とわ子「わかる？」
慎森「わかるな」
とわ子「（そうだよねと思い）わたしもね、いつかあの苺のタルト食べようと思って、会社に戻って、お受けしますってオーナーに伝えたの」
慎森「そっか」
とわ子「まだまだ全然ダメな社長だけどさ……」
慎森「がんばってるよ。すごくがんばってると思う」
とわ子「（え、と思って）」
慎森「君は、昔も今もいつもがんばってて、いつもきらきら輝いてる。ずっと眩しいよ」
とわ子「（照れて俯き）やめてよ……」
慎森「ごめん。ごめんごめん……でもそれをずっと言いたかったんだ」
とわ子「（微笑み）今の言葉がわたしの苺のタルトかも」
慎森「（照れて微笑って）そんなにすごくないよ」
とわ子「……そうかあ、そうだね」
慎森「うん？」
とわ子「別れたけどさ、今も一緒に生きてるとは思ってるよ」
慎森「（微笑って）僕までタルト貰っちゃったな」
とわ子「司法試験受かった時の話、聞かせてよ」

慎森「え……いやあ（と、照れながらも、嬉しく）」

46 公園（夜）

翼、膝を抱えて、遊具などに座っていると、目の前に立つ慎森。

慎森「どうしたい？　君が望むなら、就職先を探したり、住む部屋を見つけることも出来る。会社を不当解雇で訴えることも出来る」

翼「どうやって」

慎森「僕が君の弁護士になる」

驚いて足を踏み外して落ちそうになる翼を抱き留める慎森、見合って、……。

47 レストラン『オペレッタ』・店内

八作、メニューを書いていると、店のドアが開く音。見ると、早良だった。

早良「こんばんは」

八作「こんばんは……（と、ドアの方を見る）」

早良「ひとりです」

八作「（疑問に思いながら）どうぞ」

八作、席に案内し、椅子を引いて座らせる。

早良「変ですか？　ひとりで来るのって（と、八作を見る）」

八作「いえ……（と、早良を見返して）」

見合う二人。

N「三、四、五、六」

八作「（はっとして目を逸らし）メニューお持ちします」
八作、厨房に行き、中に入って潤平に。
八作「（小声で）ダメだ。接客替わって」
N「六秒見た」
八作「ダメなんだよ。あの子、大事な友達の恋人なんだよ」
八作、振り返ると、こっちを見ている早良。
N「二、三、四……」

48　美怜の部屋

また映画の台本を読んで台詞《せりふ》あわせをしている鹿太郎と美怜。
鹿太郎「逆に、逆に俺と一緒に逃げよう」
美怜、ベランダを開けて、外に出る。
美怜「来て」
鹿太郎「来て？（と、台詞と違うので台本を見る）」
鹿太郎、美怜を追ってベランダに出る。
美しい夜景が見える。
美怜「素敵でしょ」
鹿太郎「（そんな台詞はなくて）逆に、はい……」
美怜「でもね、この景色見てると、淋しくなるんだよね」
鹿太郎「あ、すいません、台本と（違うんじゃ）」
美怜「わたしと一緒。ただきらきら光ってるだけで、何が手に入るわけでもない。なんにも満たされない」

鹿太郎「ごめんなさい、台詞と……」
美怜、鹿太郎にキスをする。
鹿太郎、！　と。
美怜「下手くそ。もっと練習して（と、微笑う）」
鹿太郎「……」

49　代々木公園（日替わり）

慎森、歩いて来ると、公園にとわ子と唄が見えた。
とわ子と唄はモルックをしている。
並べた木製ピンに向かって、木の棒を投げたとわ子。
とわ子「おー。行ったか」
唄「七点。（向こうに気付いて）慎森！」
慎森が近付いて来た。
とわ子の手から木の棒を取り、投げようとする。
とわ子「あーダメダメ、そんな構え方じゃ無理。脇締めて」
慎森、は？　と思いつつ、修正して。
とわ子「腰が入ってない」
慎森「うるさいな」
とわ子「アドバイスしてあげてるんだよ」
慎森「アドバイスって、いる？　僕のことは僕が一番考えてるし、時が経てばいずれわかるんだよ。なのに横からわざわざネガティブなこと言う必要なくない？　それとも君は僕よりも僕のことを考えてるっていうのかな？」

とわ子「考えてません」
言い争っているうちに唄が投げて、見事に倒れた。
とわ子「おー！」
とわ子、唄とハイタッチしようとすると、慎森が押しのけてハイタッチした。
慎森「イエーイ！」
とわ子、顔をしかめてカメラを見て。
とわ子「大豆田とわ子と三人の元夫。また来週」

第2話終わり

第3話

1　代々木公園（日替わり、朝）

　ラジオ体操をしているとわ子。

N「今日こそはと思っている大豆田とわ子」
　来るぞ来るぞ、と思っているとわ子。

N「行くぞ。行くぞ。今日こそ……」
　しかし回転方向がみんなと合わない。

N「今日もみんなと合わない。全然合わない。人間嫌いになるくらい合わない」
　なんなんだという顔をしているとわ子。

×　×　×

　解散し、とわ子も立ち去ろうとすると、ジョギング途中の男から話しかけられる。

N「その上、知らない人から話しかけられた」
　笑顔を作っているが、内心面倒なとわ子。

男「わたしの先祖ね、戦国武将の清水《しみず》……」

N「その戦国武将知りませんと答えると」

男「日本に切腹の文化を作った人です」

N「あんたの先祖どうかしてるなとよっぽど言いたかったけど、朝から揉めたくなかった」

とわ子「そうなんですかー」

N「今週も最悪なスタートを切った大豆田とわ子」

2　撮影スタジオ

ファッションモデルの撮影をしている鹿太郎。

鋭い目でシャッターを切っている。

N「これ、佐藤鹿太郎。ファッション誌などでまあまあ活躍しているカメラマン。ただし……」

3 居酒屋・店内
鹿太郎がスタッフ五人ほどと食事している。

N「業界で語り継がれる伝説がある。彼のこんなひと言」

楽しそうに飲んでいる鹿太郎、みんなに聞く。

鹿太郎「どう、僕のお金で開いた飲み会、みんな楽しんでる？」

全員、……。

4 撮影スタジオ・廊下
鹿太郎に関する取材らしく、インタビュアーが鹿太郎について質問している。
インタビュアー「佐藤鹿太郎さんってどんな方ですか？」
スタッフA「器が小さいですね」
スタッフB「器が小さいかな」
スタッフC「器が小さいんだよ」
子役「器が小さい」

5 居酒屋・店内
小皿に大きな唐揚げを取って食べている鹿太郎。
N「器が小さいのである」

　鹿太郎がトイレに行くと、途端に全員、笑いながら鹿太郎が使っていた小皿を見て。

スタッフA「小皿が小皿使ってたね」

スタッフB「(小皿に向かって) 佐藤さーん」

スタッフC「(小皿に向かって) 佐藤さん、起きてくださーい」

6　同・出入り口付近

　帰る鹿太郎とスタッフ一同。

　外は雨で、傘立ての傘を各自手にしていく。

　鹿太郎、ビニール傘を手にし、ふと気付いて、別のスタッフが持っているビニール傘を示し。

鹿太郎「お、そっちのが俺のじゃない?」

　スタッフ、見ると、鹿太郎のと同じビニール傘だ。

鹿太郎「ほらやっぱり。これ三回くらい使ったろ? 俺のはまだ一回しか使ってないから、そっちのが俺のだよ」

　鹿太郎、スタッフのと交換する。

　全員、その様子を見ていて、……。

鹿太郎「(その視線に気付いて) 何?」

N「佐藤鹿太郎、AKAミスター小皿」

7　レストラン『オペレッタ』・店内 (日替わり)

　雨で濡れた肩をハンカチで拭いているとわ子、ワインを注いでいる八作に向かって話している。

とわ子「ホラー映画にあるでしょ。何でわざわざ危ない方に行くの? ってゆう。地下とか、行ったら絶対いるのに何で行くの、馬鹿なの? ってゆう。ま、馬鹿なんだろうね。何でわたし、ここに雨宿りしに来たんだろ」

カウンター席に慎森と鹿太郎がいる。

鹿太郎「（潤平に）僕、昔吹奏楽部にいてさ」

慎森「ヌンチャクですか？」

鹿太郎「ヌンチャクは楽器じゃないと思うよ」

慎森「（胸元を示し）大福の粉付いてますよ」

鹿太郎「付いてないよ、大福食べてないからね。（八作に）こういう客野放しにしてていいの？」

八作「人から面白がってもらえるって嬉しいことじゃないですか」

鹿太郎「君は適当なことを言うね。心がない褒め言葉って時に悪口より人を傷付けるよ？（とわ子に）ね？」

とわ子、顔をしかめて目を逸らす。

鹿太郎「何で目を逸らすの？」

慎森「別れた夫となんて目合わせたくないでしょ」

鹿太郎「君もだよ。（八作に）君も」

八作「心の目は合ってると思いますよ」

鹿太郎「何もかもが適当だね、（慎森に気付き）ちょっと待って、待って待って。待って君、そのムール貝、何個目？」

慎森「さあ」

鹿太郎「三個目だよ。何故なら僕はまだ二個しか食べてない」

慎森「なら三個目ですね」

鹿太郎「待って。いや、いいんだよ、どっちが三個食べるかって話をしてるんじゃないよ。五個ありました。僕は二個、君は二個食べました。であれば」

慎森「であれば（と、苦笑）」
鹿太郎「残りの一個どうしましょ、って話し合いが本来あったはずだよね」
慎森「話し合い（と、苦笑）」
鹿太郎「いや、いいんだよ、食べてもいいんだ。ただ、いいよ君が食べなよ、って本来僕が大盤振る舞い出来たはずの権利を君は奪った」
慎森「え、でもこのムール貝って（と、八作に）」
八作「サービスです」
慎森「サービスですよね」
鹿太郎「サービスだとしてもだよ。違う違う違う、上でのこと」
慎森「はい？」
鹿太郎「君はさっきからこのオリーブ、黒い方ばっかり食べてる」
慎森「黒い方が美味しいんで」
鹿太郎「それは僕にとってもだよ。でもまあいいよ、黒いオリーブは譲ってあげよう、そう思ってあえて黙っていた、上でのことの、今起きたムール貝事件なんだ」
慎森「このオリーブって（と、八作に）」
八作「サービスです」
鹿太郎「サービスだとしてもだよ。空から降ってきた雨はサービスでしょ？　でも水を独り占めしたら……てゆか、今気付いたんだけど、僕の椅子、彼の椅子より少し低くない？」
　鹿太郎の椅子は慎森の椅子より少し低い。
八作「あ、すいません」
鹿太郎「何だ君たちは……」
　鹿太郎、ふと振り返ると、目を逸らすとわ子。

鹿太郎「……もういいよ、用事あるし、帰る」

8　同・店の外

帰る鹿太郎、傘立ての自分の傘を手にし、ふと思う。

傘立てに残ったのは慎森の男性ものの傘が一本だけ。

外は雨の音がしていて、……。

9　同・店内〜店の外

八作に送られて、出て来るとわ子。
とわ子「大丈夫です、コンビニで傘買って帰るんで……」
傘立てに二本ある。
八作「あ、でも二本あるね」
とわ子「誰の……」

10　通り

雨の中、頭に上着を被って歩いている鹿太郎。

ほとんど鳴っていない口笛を吹いている。

N「口笛の下手な佐藤鹿太郎」

前をひとり歩いている若い女性の姿がある。

歩みを遅くする鹿太郎。

N「夜ひとりで歩いてる女性がいたら、不安がらせないよう、少し距離を開ける佐藤鹿太郎」

水たまりにはまって、……。

追いかけてきた、鹿太郎の傘をさしたとわ子の姿。
N「こんな風にはじまった今週、こんなことが起こった……」

11　ハイツ代々木八幡・大豆田家の部屋

ラップの切れ目を探しているとわ子。
N「ラップの切れ目が見つからない大豆田とわ子」

×　×　×

家具の組み立てに苦労しているとわ子。
N「組み立て式家具って現代の拷問だと思う大豆田とわ子」

×　×　×

とわ子に背を向けて離れていく社員たち。
N「社内で孤立する大豆田とわ子」

×　×　×

オフィスにて鹿太郎と手を繋ぎ、踊るとわ子。
N「踊る大豆田とわ子」

12　通り

追い付いてきたとわ子、鹿太郎の前に立つ。
N「そんな今週の出来事を、今から詳しくお伝えします」

とわ子、鹿太郎に傘をさしかけて。

とわ子「あなたの傘でしょ。返します」

鹿太郎「大丈夫、僕が貸してあげた傘のおかげで濡れずに帰れて良かったねとは言わないよ絶対」

とわ子「返す、絶対返す、お願い返させて……」

高級車が走ってきて、二人に向かって派手に水をひっかけた。

鹿太郎「(車に向かって) 気を付けろよー」

高級車が停まって、後部ウインドウが開き、社長風の男が顔を出す。

鹿太郎「あー小出《こいで》社長。いつもお世話になっております」

平身低頭になる鹿太郎。

顔をしかめるとわ子、振り返ってカメラに向かって。

とわ子「大豆田とわ子と三人の元夫」

○ タイトル

13 しろくまハウジング・オフィス(日替わり、夜)

食事、ドリンクが用意され、祝賀会が開かれている。

N「しろくまハウジングは住宅専業だったが、最近はじめて区民会館を設計し、建築の賞を貰った」

頼知を中心に社員が集まり、楽しそうに飲んでいる。

片隅にひとりいるとわ子。

N「気を遣わせてしまうので、近付かないようにしている大豆田とわ子」

諒が来て、飲み物持って来ましょうか？ と聞く。

微笑むとわ子、大丈夫、楽しんできて、と。

N「社長って飲み会にいるだけでパワハラ」
　頼知が設計士の仲島登火《なかじまとび》（24歳）の肩を抱き、カレン、悠介、羽根子たちと話している。
頼知「もう俺はいいよ。これからは登火くんだよ」
悠介「天才登場すね」
カレン「登火くんはもうちょっと仕事が早いとな」
羽根子「あと予算も少しは考えてください」
頼知「贅沢《ぜいたく》言うなよ。こんなすごい奴、引き抜かれないように気を付けないと。（登火に）な？」
登火「ここわりと気に入ってるんで」
頼知「そういう生意気なところも大好き」
　頼知、嫌がる登火を抱きしめて離さない。
とわ子「（微笑み、見つめていて）」
　気が付くと、六坊が目の前に立っている。
　六坊はとわ子がバッグを置いている椅子を見ていた。
とわ子「あ、ごめんなさい（と、バッグを手にする）」
　六坊、一礼し、椅子を持って同僚たちの元に戻る。
　とわ子、頼知たちの方を眺め、気付かれないようにオフィスから出て行く。

14　ハイツ代々木八幡・大豆田家の部屋

　とわ子、ラップの切れ目が見つからず、歩きながら悶絶していると、唄が来て。
唄「あ、家具の、届いてたよ」
とわ子「来た？　え、どこ？」
　見ると、平たく大きな段ボールが置いてある。

とわ子「こっからか……」

× × ×

とわ子、小さな六角棒を手にし、床に広がった大量の部材と大量のネジを呆然と見つめている。

とわ子「……なんてこった。明日やる、明日」

とわ子、部材をソファーの下に押し込む。

15 しろくまハウジング・オフィス（日替わり）

とわ子の前のテーブルに、頼知と登火が大学図書館の大きな設計図を広げる。

頼知「お待たせしました。遂に出来ました」

とわ子、図面を見て、あ、と思う。

その反応を見て、頼知、ほらなと登火を見る。

頼知「（とわ子に）こんなの見たことないでしょ」

とわ子、引き込まれるようにして移動しながら図面の細部を見ていって。

とわ子「これどういうこと？　あーそかそか、垂直荷重と水平耐力をこの耐力壁と柱で支えてんのか、で、この曲面のスラブで屋根荷重を分散させて、あ、このアールの構造が、あーはいはい、そかそか、てことはこの構造形式って」

頼知「鉄筋コンクリートのシェル構造です」

とわ子「シェル構造の屋根にギャップあるけど、その隙間は？」

頼知「自然光をトップライトとして取り入れるためです」

とわ子「最近の公共建築は節電なんかの環境配慮も大事だもんね、あー……」

とわ子、移動しながら細部を見ていく。

嬉しそうな頼知、自信に満ちた様子の登火。

頼知「(登火に) 完璧だよ。後は現場にどうイメージを伝えるかだよ」

距離を置き、全体を見るとわ子。

とわ子「(ふと不安な思いが浮かんで)」

考えはじめるとわ子。

登火「六坊さんやってくんないすかね」

頼知「六坊さんしかないよな。でもあの人、当たり強いぞ」

登火「おじさん得意なんで」

笑っている頼知と登火。

とわ子「(これ、大丈夫なんだろうか、と)」

16　同・通路

歩いて来るとわ子とカレン。

タブレットで図面を見ているカレン。

とわ子「どうだろ」

カレン「半期分の利益がこの一軒でショートしますね」

とわ子「(そうだよねと思いつつ) 後期で補塡出来ないかな」

カレン「こんな見積もり通したら、じゃあうちでもって社内社外双方で影響出ますよ」

とわ子「(そうだよねと思いつつ) うちはこういうものを作ってブランドのイメージを上げてきたんだよね」

カレン「前社長の頃とは時代が違います」

とわ子「これは、設計部の渾身の作品なんだよ」

カレン「作品?」
とわ子「……（そうだよね、と頷く）」

17　同・ケータリングスペース

食事しながら話していたとわ子と頼知。
頼知、箸を置き、立って。
頼知「（怒っていて）あの図面は完璧ですよ」
とわ子「紙の上ではね」
頼知「僕だって予算にはまるとは思ってません。でもあれには収益以上の価値があると思ってます」
とわ子「シェル構造のスラブを、例えば屋根をフラットスラブに変更して……」
頼知「そこ、社長、何より褒めてましたよね」
とわ子「あと自然光を取り入れるスリット、雨の収まりを考えるとコストが増えるし、雨漏りのリスクもあるから室内照明で……」
頼知「（苦笑し）これがパラメトリックデザインの核ですよ? え、わかりますよね? わかりません?」
とわ子「あと、階段と一体型の巨大本棚を……」
頼知「そんなものだったらどこの会社だって作れる。将来ある優秀な建築士を潰すつもりですか? 登火の作品を……」
とわ子「頼知さん、うちは作品を作ってるんじゃないよ。商品を作ってるんだよ」
怒りのまなざしで背を向け、立ち去る頼知。
とわ子「……（食べる）」

１８　ハイツ代々木八幡・大豆田家の部屋（夜）

壁に何枚も貼ってある『無所属　大豆田旺介』の政治広報ポスターを見ているかごめ、旺介、幾子、唄。
未来という大きな文字と、笑顔の旺介。

唄「おじいちゃん、未来と逆方向見てるよ」
かごめ「顔テカってるし、軽薄さが滲み出てますね」
幾子「撮り直しかな。三回続けて落ちたらもう引退だね」
旺介「うん、よし、飲もう」
酒盛りをはじめる四人。
帰って来たばかりのとわ子、その様子を見ていて。
とわ子「疲れてるんだよ。今すぐお風呂入って寝たいんだよ」
かごめ「（聞いておらず）政治家って大変ですよね」
幾子「全然、何もできない人がやる仕事よ」
旺介「（三人に）はい、乾杯、はい、乾杯、はい、乾杯」
かごめ「わたしも政治家なろうかなぁ」
とわ子、苛立《いらだ》ってポスターを剝がして回っている。
幾子「ねねね、とわ子さん、会社で揉めてるんだって？」
とわ子「（何で知ってるの）」
旺介「保険会社の磯谷《いそたに》さんいるだろ？（幾子を示して）同級生なんだって。怖いな、誰が聞いてるかわかんないよな」
幾子「大変ねー」

旺介「大変だ」
唄「ママは間違ってないよ。利益度外視でやりたいなら、人件費削るよって言い返せばいいんだよ」
幾子「あら、唄ちゃんはいい経営者になれるね」
唄「他の会社はリストラして給料下げて残業増やしてるもん」
旺介「そ。文句があるなら自分でやれって話だ」
かごめ「それか、全部放り出して逃げるかだね」
勝手にああだこうだ言ってるみんなの話し声がだんだんひよこの鳴き声に聞こえてくるとわ子。
とわ子「（やれやれと思いながらポスターを剝がして）……」

×　×　×

深夜、図面の代案を書いているとわ子。
違う、これじゃダメだと書き直し続ける。

19　しろくまハウジング・会議室（日替わり）

会議しているとわ子、カレン、頼知。
頼知、とわ子が提示した代案に目を通して。
頼知「……さすがですね」
とわ子「一アイデアです。登火くんにはわたしから話します」
頼知「（首を振り）僕が話します。会社に失望されるより、僕に失望してもらった方がマシなんで」
とわ子「……」
代案をとわ子に戻し、出て行く頼知。
カレン「あんなこと言わせていいんですか？」

とわ子「（思うところあるが）豪徳寺《ごうとくじ》の現場行ってきますね」
N「戦国武将じゃなくても切腹したい気分」

20　通り〜花屋の前

打ち合わせを終え、旺介のポスターが貼ってあるのをうんざり見ながら歩いているとわ子。
花屋があって、立ち止まる。
N「切腹する代わりに花を愛《め》でることにした」
とわ子、どれにしようかと選んでいると、背後から。
紀子《のりこ》の声「佐藤さん」
とわ子、……。
五十歳前後の女性たち、大倉《おおくら》紀子、谷山秋恵《たにやまあきえ》、藤田《ふじた》和美《かずみ》が迫って来る。
紀子「佐藤さんね」
秋恵「佐藤さんでしょ」
和美「佐藤とわ子さん」
とわ子、諦めて振り返って。
とわ子「どうも、ご無沙汰しておりま……（しゃっくりが出る）」

21　カフェ・店内

お茶しているとわ子と紀子と秋恵と和美。
とわ子、しゃっくりが出て、失礼、と水を飲む。
紀子「佐藤さん、お元気そうで」
とわ子「おかげさまで」

秋恵「ご主人のお写真は雑誌でよくお見かけしますよ」
とわ子「おかげさまで」
和美「相変わらずお綺麗ね」
とわ子「おかげさまで」
三人「(うん？　と)」
とわ子「(うん？　と)」
N「面倒くさがってるうちに、打ち明けるタイミングを失うのはいつものこと」
紀子「(小声で)例のお姑さんとはその後どう？」
とわ子「……(しゃっくりが出る)」
秋恵「別居出来たの？　とわ子さん、あのお姑さんから随分嫌われてたもんね」
紀子「相性悪そうだったもんね」
とわ子「(しゃっくりが出る)」
秋恵「言ったらなんだけど、ご主人、頼りなさそうだったし」
紀子「佐藤さんちの前歩いててお姑さんの声が聞こえたことあるもん。わたし、この人から生まれる孫はいらないから、よそで作ってきてよって」
秋恵「ひどーい」
とわ子「(はっははと笑って、しゃっくりが出る)」
和美「ひどいね。あとね、ごみ」
秋恵「ごみ？」
和美「とわ子さんがいつも買ってたお花、次の日には必ず生ごみで捨てられてたの」
紀子「かわいそー」
とわ子「……(しゃっくりが出そうになり、慌てて水を飲む)」

22　花屋の前

花を見ているとわ子、またしゃっくりが出た。
買うのはやめにして、立ち去る。

23　ハイツ代々木八幡・大豆田家の部屋（夜）

しゃっくりしながら、家具を組み立てているとわ子。
随分組み上がって、合わせようとすると、合わない。
説明書を見ると、左右の組み合わせが間違っていた。
投げ出すとわ子、……。

N「病んだ大豆田とわ子」
　とわ子の背中に大きな黒い羽根が生えている。

N「ばっさー」
　しゃっくりしながら、はっと顔を上げるとわ子。
慌てて背中を探るが、特に何もない。
息をつき、寝そべる。

24　鹿太郎の部屋

華やかなドレスを着たとわ子のポートレート写真。
大判のパネルで、壁に飾ってある。
カメラアシスタントの根岸律《ねぎしりつ》（21歳）が機材の片付けをしている。

鹿太郎「お疲れ。これでメシでも食って」

律　　鹿太郎、律に何か握らせる。
　　律、見ると、百円玉が三枚。
律「……あざす」
　　鹿太郎、レコードに針を落とし、ノスタルジックなワルツが流れはじめる。
律「(とわ子の写真を見て）綺麗な人すね」
鹿太郎「あ、やっぱりそう思う？　彼女ね、僕の元妻」
律「……（と、引いて）」
鹿太郎「あ、違うよ、別に未練があって飾ってるわけじゃなくてさ。これはね、俺の最高傑作だから」
律「演歌系の人だったんすか？」
鹿太郎「違うよ。ボールルームダンスわかる？　社交ダンス。そのね、ドレスなのこれは」
律「ダサいすね」
鹿太郎「(苦笑し）まあ、ダサいか。でも、ハマるとね、いいものなんだよ。僕はこの人をね」
　　鹿太郎、とわ子の写真を見つめ。
鹿太郎「ダンス教室で見つけたの。見つけちゃったの」

25　回想

　　小さなダンス教室。

　　パイプ椅子に座り、練習風景を見学している鹿太郎。

鹿太郎の声「その頃、僕はスキャンダル専門のカメラマンでさ、野球選手の不倫相手がいるって情報があって、潜入見学したんだよ。結局不倫相手はいなかったけど」

　　踊っている生徒たちの中、とわ子の姿が見える。

鹿太郎の声「あの人がいた」

目を奪われる鹿太郎。

×　×　×

男性用の衣装を着た鹿太郎、とわ子と並んで準備体操をしている。
みんなと逆方向にばかり体を動かしているとわ子。

とわ子「お仕事帰りですか」
鹿太郎「はい」
鹿太郎の声「まさか不倫を撮ってるなんて言えなかったから」
鹿太郎「ファッション系のカメラマンをしてまして」
とわ子「素敵ですね」
鹿太郎の声「気が付いたら嘘ばっかりついてて。自分が男であることを意識させたら引かれちゃうかなって思って」
鹿太郎「実は僕、馬しか愛せない人間なんです」
とわ子「あー。馬からも愛される日が来るといいですね」
鹿太郎「はい」
とわ子、手を差し出して。
とわ子「ご一緒にいかがですか？」
鹿太郎「(コクンと頷く)」
踊るとわ子と鹿太郎。
上手く踊れていない鹿太郎、転んでしまう。

×　×　×

スタジオでファッションモデルの撮影が行われている中、編集者に売り込んでいる鹿太郎。
鹿太郎の声「嘘ついた自分に罪の意識感じて、イチから勉強し直して、ファッションカメラマンを目指した」

×　×　×

ダンス教室にて、馬とキスしている自撮り写真をとわ子に見せている鹿太郎。
鹿太郎の声「おこがましいことは考えてなかった。ただあの人の傍にいたかった」
とわ子「馬と結婚出来る法律作る時はわたし、署名しますね」
鹿太郎「ありがとうございます」

×　×　×

ダンス教室にて、ダンスしているとわ子と鹿太郎。
随分と上手くなった鹿太郎。
終えて、とわ子、鹿太郎に拍手する。
鹿太郎、照れて頭に手をやって。
鹿太郎の声「好きになっちゃダメだ、好きになっちゃダメだって思いながら」
先生が二人にペアダンス発表会のフライヤーを配る。
とわ子「佐藤さん、これ一緒に出ましょう」
鹿太郎「え……」
とわ子、鹿太郎を連れて先生の元に駆け寄って行く。
そんなとわ子を見ている鹿太郎。
鹿太郎の声「どんどん好きになって。どんどん好きになって」

× × ×

気軽なレストランから出て来たとわ子と鹿太郎。
店の前でステップの練習をしていると、店に入ろうとしたカップルのうちの女性が鹿太郎に気付き。

女性「あ、この人（と、鹿太郎を見て、笑う）」
鹿太郎「（あ、と困惑して）どうも……」
女性「（連れの男性に鹿太郎を示し）この人、この人ね、わたしに告白したことあるんだよ」
男性「まじか、この顔でか」
女性「馬鹿にされてんのかなって思ったよ。こんな男に好きって言われて喜ぶ女いるわけないでしょ」
嘲笑するカップル。
鹿太郎「（肩身が狭く）……」
その時、突然とわ子が前に出て、女性に。
とわ子「残念でしたね」
鹿太郎、カップル、え？　と。
とわ子「残念でしたね」
面食らっている女性。
驚いている鹿太郎の腕を取り、歩き出すとわ子。
とわ子「（もう一度振り返って）残念でしたね！」
鹿太郎「（そんなとわ子を見て）……」
鹿太郎の声「全俺が泣いた」

×××

ダンス教室、発表会のポスターが貼ってあり、二人で練習しているとわ子と鹿太郎。

鹿太郎の声「発表会は台風が来て、中止になった」

落胆しているとわ子と鹿太郎。

鹿太郎の声「その日、僕はあの人にプロポーズした」

帰ろうとするとわ子に声をかける鹿太郎。

鹿太郎「結婚、結婚を前提にお付き合いしていただけませんか」

振り返るとわ子、真剣に。

とわ子「わたし、馬じゃありませんよ」

×××

話しているとわ子と鹿太郎。

謝った鹿太郎。

とわ子「(首を振り) わたしも嘘っていうか、黙ってたことがあります。一度結婚に失敗してるんです」

鹿太郎「(そうだったんだ、と)」

とわ子「あなたには相応《ふさわ》しくない……」

鹿太郎「(首を振り) あなたは僕にとって花です。高嶺《たかね》の花です」

とわ子「(首を振る)」

鹿太郎「(首を振る)」

とわ子「(首を振る)」

鹿太郎、とわ子をリフトする。

鹿太郎「あなたを上に引き上げることは出来ないけど、下から支えることは出来ます。僕があなたを持ち上げます」

とわ子「重いでしょ」

鹿太郎「（首を振り）花束を抱えているようです」

× × ×

鹿太郎、カメラでとわ子を撮る。

繰り返しそのモノクロスチール写真が映り、最後に鹿太郎の部屋に飾ってある写真となって。

26 鹿太郎の部屋

話している鹿太郎と律。

鹿太郎「彼女が結婚を承諾してくれたのは一年後だった」

律「何で離婚したんですか？」

鹿太郎「……（つらそうに思い返し）しゃっくりがね、止まらなくなっちゃったんだよ。俺にはそれを止めてあげることが出来なかった」

とわ子の写真を見つめていると、スマホが鳴った。

見ると、美怜からで、『会いたいな』とある。

27 レストラン『オペレッタ』・店内

カウンター席の慎森、『わたしはこうして大企業に勝った。ある派遣社員の三年戦争』という見出しの雑誌記事のコピーを見ている。

潤平「それ、何ですか？」
慎森「別に、何でも……（と、しまう）」
　鹿太郎、八作に話している。
鹿太郎「会いたいな。そのひと言で。あ、ごめんね、誰からなのかは言えないの。知りたいだろうけど、言えないんだ」
八作「そうですか（と、戻ろうとすると）」
鹿太郎「何でかって言うと、（小声で）有名な人なんだよね。相手に迷惑がかかっちゃうじゃない？　ごめんね」
八作「そうですか（と、戻ろうとすると）」
鹿太郎「ヒント欲しい？　どうしようかな。あのねイニシャルが、フル……あ、フルって言っちゃった」
八作「大丈夫です（と、戻ろうとすると）」
鹿太郎「どうしたらいいと思う？」
　近くに座っていた慎森。
慎森「会いに行けばいいんじゃないですか」
鹿太郎「そうなんだけどね……実は、僕の心の引き出しにはね、まだしまったままの人がいて」
慎森「常に出しっぱなしに見えますけど」
鹿太郎「わかってるんだよ。もう戻れないことくらい。でも……」
　出入り口のドアが開き、入って来た早良。
八作「（あ、と）……」
鹿太郎「やっぱり前に進むには新しい恋をはじめた方がいいのかな。（八作に）どう思う？」
　しかし八作はおらず、早良を出迎えている。

鹿太郎「あれ……」
　先ほどの記事と翼の履歴書を見ている慎森。
　早良と見合っている八作。
鹿太郎「新しい恋かあ……」

28　美怜の部屋

　長い棒を渡され、床に這いつくばってキャビネットなどの下を探っている鹿太郎。
　傍らで見守っている美怜。
鹿太郎「イヤリングですよね」
美怜「そうそう」
鹿太郎「ありましたありましたありました」
　鹿太郎、棒ではじいてイヤリングを引き寄せる。
　飛び出したイヤリング、床をすべって、反対側の食器棚の隙間などに入った。
　鹿太郎、美怜、……。

×　×　×

　隙間に入ったイヤリングを取ろうとがんばっている鹿太郎、見守っている美怜。
鹿太郎「（なかなか取れず）これってお高いんですかね……」
美怜「ううん、おもちゃみたいなもの」
鹿太郎「そしたら僕、新しいのプレゼントしますんで」
美怜「（表情が曇る）」
鹿太郎「あ、や、下心のあるプレゼントではありません……」

美怜「そのイヤリング、なくすの二度目なんだよね」
鹿太郎「え？」
美怜「一度目はわたしが八歳の時。お母さんのイヤリングだったんだけど、ふざけて付けてたらなくしちゃって。次の日、お母さんに呼ばれて、怒られちゃうと思ってたら、お父さんと離婚することを聞かされたの。お母さんはお姉ちゃんと一緒に家を出るから、あなたはお父さんと暮らしなさいって。それでわたし、今思うと、馬鹿みたいなんだけど、わたしが置いていかれるのは、昨夜イヤリングなくしちゃったからだと思ったの。必死になって探した。三日探してやっと見つけて、ねえお母さんイヤリング見つかったよ。わたしもお母さんと一緒に行くよって言ったけど、お母さん、もういなかった」
鹿太郎「（顔が泣いている）」
美怜「馬鹿みたいでしょ？（と、微笑う）」
鹿太郎「（首を振って）探します、絶対探します」
鹿太郎、再び探しはじめるが、美怜、その手を握り。
美怜「もういいよ。それより今夜泊まって行ってくれない？」
鹿太郎「!?」
美怜「そばに誰かいて欲しいの」
鹿太郎「……」

×　×　×

寝室のベッドで寝ている美怜。
その隣、服のまま硬直して気を付けの姿勢で横たわっている鹿太郎。
美怜「（寝言で）お母さん……」

鹿太郎、美怜の寝顔を見つめ、……。

29　鹿太郎の部屋（日替わり、朝）

鹿太郎、とわ子の写真パネルを見ている。

パネルに手をかけて外し、クローゼットにしまう。

撮影機材を抱えた律が来た。

律「バス来てますよ」

鹿太郎「お」

後ろ髪引かれるが、勇気を振り絞って扉を閉める。

鹿太郎、律と共に出て行く。

鹿太郎「最近どう？　ブランニューラブしてる？」

30　美怜の部屋（日替わり）

映画の台本を読んでいる美怜。

掃除機をかけている鹿太郎、棚に美怜が出演してきたドラマのＤＶＤがあるのを見つけ、眺める。

洗濯をしている鹿太郎。

下着が混ざっていたので慌てて目を閉じ、洗濯機に放り込む。

料理をしている鹿太郎、うーん美味しい、と。

食事している鹿太郎と美怜。

鹿太郎「ひとつお願いがあります。今度写真を撮らせてもらっていいですか？」

美怜「わたしの？」

鹿太郎「(頷き) 最高傑作を更新したいんです」

31　通り (夜)

下手な口笛を吹きながら軽い足取りで帰る鹿太郎。

32　鹿太郎の部屋

鹿太郎、パソコンで配信サイトを開き、昼間美怜の部屋で見かけたドラマを表示させる。

缶ビールと酒の肴を用意し、見はじめる。

役に扮した美怜が映って、拍手し、指笛を吹く。

×　×　×

鹿太郎、楽しそうにドラマを観ている。

夜の屋上のような場所で、美怜の役が相手役の男性を相手に話している。

美怜、自分の指輪を示して。

美怜「一度目はわたしが八歳の時。お母さんの指輪だったんだけど、ふざけて付けてたらなくしちゃって」
鹿太郎「(あれ? と思う)」
美怜「次の日、お母さんに呼ばれて、怒られちゃうと思ってたら、お父さんと離婚することを聞かされたの」
鹿太郎「(あれ? あれ?)」
美怜「お母さんはお姉ちゃんと一緒に家を出るから、あなたはお父さんと暮らしなさいって。それでわたし、今思うと、馬鹿みたいなんだけど……」

鹿太郎、動転し、何で何で、と。

33　レストラン『オペレッタ』・店内

鹿太郎、八作に話している。

鹿太郎「わたしもお母さんと一緒に行くよって言ったけど、お母さん、もういなかった」

八作「悲しい話ですね」

鹿太郎「一字一句台本通りだった。ドラマの台詞そのままだった」

八作「悲しい話ですね」

近くに座っていた慎森。

慎森「騙されましたね」

鹿太郎「その言葉をそこまで嬉しそうに言える人をはじめて見たよ。本当の話をしてるようにしか見えなかったんだよ」

慎森「だって女優なんでしょ？　お芝居で一般人を騙すことくらい、（八作に）ね？」

八作「簡単でしょうね」

鹿太郎「キス、したんだけど」

慎森「（八作に）キスシーンぐらいしますよね」

八作「女優ですもんね」

鹿太郎「僕のこと好きじゃなかったってこと？」

慎森「（八作に）好きじゃなかったんでしょうね？」

八作「好きじゃなかったんでしょうね」

鹿太郎「じゃ、何のために？　何のために僕を騙したわけ？　お金じゃないよ？　だって彼女の方がお金持ちだもん」

慎森「面白いからじゃないですか？」
鹿太郎「世の中君みたいな人間ばかりじゃないよ。たまたまドラマの台詞を引用しただけじゃないかな？」
慎森「人の嘘を補完しはじめたら」
八作「騙されてる証拠ですね」
鹿太郎「僕は信じるよ。彼女はそんな人じゃない」

34　ハイツ代々木八幡・大豆田家の部屋（日替わり、朝）

枕元のスマホのアラームが鳴る。
N「アラームのスヌーズは三回目から堕落のはじまり」
ベッドの中にいるとわ子、スヌーズを押す。
N「これ十二回目。雨降りでもないのにラジオ体操を休んだ」

35　しろくまハウジング・オフィス

出勤してきたとわ子。

とわ子「おはようございます」

設計部の者たちが集まっていて、とわ子とちゃんと目を合わさずに、おはようございますと返す。

少し冷たい気がする。

あれ？　と思っていると、頼知が登火と共に来て。

頼知「お時間いただけますか？」

とわ子「はい……（と、覚悟）」

３６　同・会議室

とわ子、登火から受け取った退職願を見ている。
向かいの席に頼知と登火がいる。

とわ子「（顔を上げ、登火を見て）少し話しませんか」
登火「もう決めたんで。話とか意味ないんで」
とわ子「今回は不本意だったかもしれないけど、今後は……」
登火「別に不本意じゃないす。あ、そうって思うだけで」
とわ子「（首を振り）あなたを評価してないわけじゃ……」
登火「大丈夫す。人に期待してないんで」
とわ子「……」
登火「いいすか、もう」
頼知「いいよ」
席を立ち、出て行った登火。
頼知「以前から誘われてたシンガポールに行くそうです。すいません、説得出来ませんでした」
とわ子「……」

３７　同・オフィス

デスクにて打ち合わせしているとわ子とカレン。
設計部の者たちが外から戻って来たのが見える。
みんな表情が重く、泣いている若い女性社員（吉倉優奈《よしくらゆな》）もいて、慰められている。
優奈、とわ子に聞こえるようにわざと。

優奈「あーあ、わたしも辞めようかなー」
とわ子「……」
カレン「辞めたいなら辞めなよ」
　ぼそっと言って席を立つカレン、叱責しに行こうとすると、とわ子、止めて。
とわ子「続けて」
カレン「はい」
　打ち合わせを再開するカレン。
　重い空気が漂っている社内。
とわ子「（それを感じながら、カレンと話し）」

38　同・廊下〜エレベーター（夜）

　とわ子、出かける支度をして席を立って、羽根子に。
とわ子「建築連盟の大堀《おおほり》会長と会食に行ってきます」
羽根子「はい」
　とわ子、出て行きながらすれ違う社員たちに。
とわ子「（笑顔で）お疲れさまでした。お疲れさまでした。お疲れさまでした」
　社員たちは返事するが、覇気がない。
　エレベーターの前に来る。
　降りて来た社員たちに。
とわ子「（笑顔で）お疲れさまでした。お疲れさまでした」
　乗り込むとわ子。
　扉が閉まってひとりになると、がくっとなっておでこを壁にくっつけて。

とわ子「……（ぽつりと）向いてないんだよ」

39　同・一階エレベーターの前

エレベーターが到着し、降りて来るとわ子。

乗り込む社員たちに。

とわ子「（笑顔で）お疲れさまでした。お疲れさまでした」

40　美怜のマンションの前の通り

歩いて来る鹿太郎、美怜のマンションが見えてきて、どきどきしながら入って行こうとした時。

前の通りに車が駐まっており、運転席の男と助手席の女がキスしているのに気付く。

鹿太郎、あらーと思ってチラ見していると、一旦離れた女の顔が見えた。

美怜だった。

鹿太郎、……。

美怜も鹿太郎がいることに気付き、あ……、と。

しかしまた男に覆い被さられてキスが再開した。

鹿太郎、愕然《がくぜん》とし、逃げるように立ち去る。

41　レストラン『オペレッタ』・前の通り

鹿太郎、来たものの、ここじゃないなと思って入るのをやめ、立ち去る。

入れ違いに早良が来て、店に入って行った。

42　カウンターバー・店内

　入って来た鹿太郎、カウンター席に座る。

鹿太郎「（バーテンに）強ぃの貰えますか」

　隣の席に、登火とその友人（石川《いしかわ》大輝《だいき》）がいて、ちらっと見るが、知らない人なので気にしない。

大輝「退職ぉめでとう」
　乾杯している登火と大輝。
　鹿太郎、おしぼりを手にしようとしてすごく熱くて、持てずにいて。
大輝「思ってたより長もちしたよ」
登火「はは、まあね、保った方だね」
大輝「所詮日本の会社だな、しろくまハウジングもダメだよ」
登火「社長が代わったのが大きいよ。あぃつダメだもん」
鹿太郎「（え、と）」
登火「予算がない予算がないばっかで、現場のやりたいことやらせないんだよ」
鹿太郎「……」
大輝「最悪な社長じゃん」
登火「ほんと死んでって感じ」
　感情込み上げた鹿太郎、ひと言言おうとすると。
バーテン「お待たせしました（と、酒を出す）」
　鹿太郎、酒をぐいっと飲み、席を立つ。

43　同・洗面所
　鹿太郎、勢い込んで入って来ると、洗面台の鏡に向かって話しかけはじめる。

鹿太郎「おいおいおい待てよ若造。いいか、それは違うぞ。大豆田とわ子ってのはな、おまえが思うような人間じゃない」

鹿太郎　うーん、ちょっと違うなと思って。

「ちょっといいかな、君たち。人生の先輩としてわたしからひと言言いたい。人生は梅干しのようなものだ。（違うなと思って）梅干しのようなものじゃない」

うーん、と考えて。

鹿太郎「雪の降りしきるある冬の夜のことだった……」

うーん、と悶えて。

鹿太郎「そうじゃないんだよ。大豆田とわ子って人はさ、そうじゃないんだよね……」

４４　同・店内

戻って来た鹿太郎、緊張しながら、隣の登火に話しかけようとした時。

登火「ま、でも俺、あの社長好きだけどね」

鹿太郎「（え、と）……」

大輝「何で？」

登火「あの人は嫌われても逃げないから」

鹿太郎「……」

登火「みんなにいい顔して誤魔化したり、だったらおまえがやれよって逃げたり、社長がそういう人だったら会社潰れるでしょ。あの人はさ、ちゃんと嫌われる役を引き受けたんだよ。自分だって建築士だったのに、今は嫌われ役をやってる。普通やりたくないでしょ」

鹿太郎「……」

登火「今回は離れることにしたけどさ、またいつか一緒に仕事出来たらなって思ってるよ」

突然、隣の鹿太郎が登火の肩に手をやった。
潤んだ目で登火を見て、頷く鹿太郎。
鹿太郎「そう、それ、それだよ、俺もそれが言いたかったの」

45　しろくまハウジング・オフィス〜通路

外から帰って来たとわ子。
社員はおらず、暗い中、照明を点《つ》ける。
ペットボトルが床に落ちており、ごみ箱のごみが溢れるほど溜まっている。
ペットボトルを拾ってごみ箱を摑み、捨てに行く。

×　×　×

薄暗い中、とわ子、建築の本を手にし、開く。
美しい建築物の写真が並んでいる。
憧れるように眺め、ページをめくっていく。
ふと手が止まり、悲しくなってくる。
本を閉じて、パソコンで表計算ソフトで仕事を再開しようとした時、何か物音がした。
見回すと、社内には誰もいない。
とわ子、立ち上がり、出入り口の方に向かう。
通路に出て、見回す。
誰もいないので、オフィスに戻るとわ子。
扉の裏側などの死角に、胸に大きな大きな花束を抱えて隠れていた鹿太郎。
鹿太郎、そっと覗き込んで、とわ子が去ったのを確認しながら通路に出る。

鹿太郎、やっぱり無理だと思って立ち去ろうとしたら、戻って来たとわ子とはち合わせした。
鹿太郎、右に逃げようとすると、とわ子もそっちに立ち塞がり、左に逃げようとすると、とわ子もそっちに立ち塞がり、睨み合いの攻防。
鹿太郎、背を向けて逃げようとすると。

とわ子「待ちなさい」

鹿太郎「はい」

立ち止まる鹿太郎。
とわ子、歩み寄り、鹿太郎が胸に抱えた大きな花束を指でつんと突いて。

とわ子「何……」

鹿太郎「花屋で、見つけて……」

鹿太郎、とわ子に花束を差し出して。

鹿太郎「君に似合う花だったから」

鹿太郎、とわ子に手渡して。

鹿太郎「この花もきっと君のことを好きだと思ったから」

両手いっぱいに花束を抱えたとわ子、……。

× × ×

とわ子のデスクにて話しているとわ子と鹿太郎。

鹿太郎「これが社長の椅子か」

とわ子、どうぞ、として、鹿太郎、座って。

鹿太郎「(見渡し)ふーん、結構広いね」

とわ子「社員四十一人だからね」

鹿太郎「そこで一番偉いんだ」
とわ子「偉くはない」
鹿太郎「偉いよ」
とわ子「自分だって」
鹿太郎「俺なんかへっぽこカメラマンだよ。本当言うとね、あんなのカメラ作ってる人がすごいだけで、俺なんかただボタン押してるだけだから」
とわ子「(微笑って)」
鹿太郎「全然ですよ」
とわ子「がんばってるよ。嘘だったのに、本当にファッションカメラマンになったんだもん」
鹿太郎「今それ言うかね」
とわ子「馬を愛する男だったね」
鹿太郎「やめて、恥ずかしい」
　とわ子、設計部の方を見ながら。
とわ子「ちゃんと目指したものがあって、それにちゃんとなれたんだもん。すごい。すごいことだよ……(と、遠い目)」
鹿太郎「(思いを察し)社長業、きつい?」
とわ子「きつい……ううん、きつくはないけど」
鹿太郎「けど?」
とわ子「……(首を振って、花束を見つめる)」
鹿太郎「(そんなとわ子を見つめ)器をさ、小さくすればいいんだよ。誰だってさ、苦しい時はあるよ。思ってたのと違うな。やってらんないなって時はある。そういう時にさ、我慢することないんだよ。ひとりで乗り越えることないんだよ。愚痴、こぼしていこうよ。泣き言、言っていこうよ。器が小さかろうと何だろうと、愚痴ぐらいこぼしてなきゃ、やってらんないしょ」

とわ子「(苦笑気味に笑って) そだね」

鹿太郎「でしょ?」

とわ子「やってらんないよ」

鹿太郎「でしょ?」

とわ子「みんな勝手なことばっかり言うし、偉い人たちとの会食は疲れるし、銀行はお金貸してくれないし」

鹿太郎「だよね」

とわ子「網戸は外れるし、ラジオ体操行ったら切腹おじさん現れるし」

鹿太郎「だよね。誰切腹おじさんって」

　とわ子、両手を伸ばして、背もたれによりかかり。

とわ子「まったくやってらんないよ」

　微笑む鹿太郎、とわ子の手を取る。

とわ子「うん?」

　鹿太郎、とわ子を立たせる。

鹿太郎「ご一緒にいかがですか?」

とわ子「(察し) 無理無理無理無理。ここ、会社だよ (と、首を振る)」

鹿太郎「(首を振る)」

とわ子「(首を振る)」

　鹿太郎、ステップを踏む。

とわ子「(首を振り) いや……」

鹿太郎、またステップを踏む。
とわ子、戸惑いながら、踏む。
二人、おぼつかない感じで手に触れ、合わせた。
足下を確認し、きゅっきゅっと軽くステップ。
ふっと止まって、そして、合図もなく、すっと動き出す二人。
暗いオフィスでワルツを踊る二人。
椅子、デスクの間を移動し、ぶつかったり、書類を落としたりしながら、踊り続ける。
夢想しているような二人の表情。

×　×　×

イメージ。
洋館の広間で、衣装を着たとわ子と鹿太郎が踊る。

×　×　×

オフィスの中で、踊るとわ子と鹿太郎。

×　×　×

イメージ。
洋館の広間で、とわ子と鹿太郎が踊る。

×　×　×

オフィスの中で、踊るとわ子と鹿太郎。

鹿太郎の声「パーティーだったんだ。君との出会いは俺にとって、人生最高のパーティーだったんだ」

46　レストラン『オペレッタ』・店内

訪れているとわ子と鹿太郎、八作と話している。
傍らに花束がある。

八作「佐藤さん、粋なことしますね」
鹿太郎「ま、ちょっとでも励みになったらと思って」
気が付くと、傍に慎森がいて。
慎森「花束って、いるかな？」
とわ子、鹿太郎、八作、……。
鹿太郎「いるでしょ。貰うと嬉しいし、荒《すさ》んだ心が癒されるでしょ」
慎森「貰った時は嬉しいけど、三日後にごみ箱に捨てる時はいやーな気持ちになりますよね。結果プラマイゼロじゃないですか」
鹿太郎「ま、わかるけども」
慎森「しかも、かさばる、電車で目立つ、白い服着た人に花粉付いてトラブルになる、蜜蜂のご飯が減る……」
鹿太郎「（八作に）ちょっとこの人、何とかしてよ」
八作、花束から数本抜いて。
八作「いいですか？」
とわ子「（頷く）」
八作、花を慎森に差し出す。

慎森、八作から花を受け取り、見つめる。

鹿太郎「あ、嬉しぃ？　捨てる時ぃやーな気持ちになるよ？」

その時、ドアが開く音がする。

一同、見ると、早良が入って来た。

八作、すっと歩み寄って行き、何か話そうとする早良を遮るようにして、二人で外に出て行った。

慎森「……怪しぃんだよな」

とわ子・鹿太郎「（え？　と）」

47　ハイツ代々木八幡・大豆田家の部屋

かごめが家具を器用に組み立てている。

とわ子、花を花瓶に活《い》けながら見て。

とわ子「すごぃね、説明書見ないで出来るんだね。（余ってる部品に気付いて）大丈夫？」

かごめ「火種があるなら、早めに消しといた方がぃぃよ」

とわ子「え？」

かごめ「営業と現場が対立してたら会社が傾く」

とわ子「人間、面倒くさぃなあ……」

部屋から出て来た唄。

唄「人に期待なんかしなきゃぃぃんだよ」

と言いながら、紐でくくった十数冊の本を運び、置くと、また部屋に戻って行った。

とわ子とかごめ、見ると、問題集や医大受験を見据えての本だった。

唄、また部屋から本を運んで来て、置く。

とわ子「何してるの？」

唄「うん？　うん、勉強やめようと思って」

とわ子「勉強やめる？」

唄「もう医大も医者も目指さない。二十歳までにお金持ちと結婚することにした」

と言って、また戻って行った。

とわ子・かごめ「（顔を見合わせて、⁉　と）」

48　川べり（日替わり）

ズボンの裾をまくって川に入って、三脚を立ててモデルの撮影をしている鹿太郎。

鹿太郎「はい、オッケー。じゃ一旦昼飯にしようか」

律が弁当を持って来て、鹿太郎に渡す。

鹿太郎「あ、僕はここで食べんの？」

×　×　×

鹿太郎、川の中に入ったまま三脚を守りつつ弁当を食べていると、スマホが鳴る。

落としそうになりながら見ると、美怜からだった。

49　美怜の部屋

掃除機をかけている鹿太郎、メイクをしている美怜。

鹿太郎、掃除機をしまって、エプロンを外して。

鹿太郎「素敵な夢を見せていただけて、感謝しています。あなたのこと、す……なりかけたところでしたが、もうここに来ることは……」

美怜がスマホを差し出した。

鹿太郎、何だろう？　と見ると、手を繋ぎ、買い物帰りの様子で歩いている美怜と男の写真。

男はキャップを被っており、顔が少し隠れているが、鹿太郎のように見える。

鹿太郎「……（自分と美怜を示し）買い物なんて行きましたっけ」
美怜「（首を振り）彼はね、わたしが心から愛してる人」
鹿太郎「え……」
美怜「あなたとは別人」
鹿太郎「え？（と、スマホをよく見る）」
美怜「すごく似てるでしょ。びっくりしたもん。あなたにはじめて会った時」
鹿太郎「え？　えー？」
美怜「彼ね、結婚してて、まあ、不倫なんだよ」
鹿太郎「えー」
美怜「一緒にいるところをパパラッチに撮られて、今その写真で脅されてるの」
鹿太郎「え？」
美怜「このままだと週刊誌に売られて。映画もＣＭも契約破棄になって、賠償金を払うことになっちゃう」
鹿太郎「え……」
美怜「佐藤さん、あなた独身でしょ。わたしと付き合ってるのはあなたってことにして、彼の身代わりになって？　わたしたちを守って？」
鹿太郎「……はい？」

50　法律事務所・オフィス

慎森のデスクで、翼の履歴書、派遣切り裁判の記事、たくさんの書類ファイルが積んであり、話している慎森と翼。

慎森「まず君の派遣先だったゴローダイニンググループに内容証明を送ることになる。提訴は、まあ、二ヶ月後かな」

翼「うん」

慎森「で、この間話したことの続きを聞きたいんだけど」

翼「何だっけ」

慎森「（翼の様子を怪訝そうに見て）君に対してパワハラ行為をしていた上司……大谷《おおたに》さん」

翼「あ、うん、はいはい。本当にひどい人で、夜中に電話かかってくるし……」

慎森「大谷さんから？」

翼「うん、体調悪いって言ってるのに出社しろって怒鳴りつけるし……（ふいに気付いて、あ、と）」

慎森「（頷き）この間は、大宮《おおみや》さんって言ってたね」

翼「名前間違えちゃった……」

慎森「半年もの間パワハラしてきた人の名前を？」

翼「……（と、目が泳ぐ）」

慎森「君、僕に嘘ついてない？」

ふいに席を立ち、逃げるように出て行く翼。

慎森「（何だよ、とどこか悲しげに見送って）……」

51　八作の部屋

台所に立っている八作、流し台の下の戸を閉めた。
インターフォンが鳴って、玄関に行く。
八作が開けるより先に開き、俊朗が入って来た。

俊朗「八作。ごめんな、急に（と、半泣きの顔）」

×　×　×

話している八作と俊朗。

俊朗「早良のさ、彼女の様子が最近変なんだよ」

八作「変って？」

俊朗「忙しいって言ってなかなか会えないし、夜電話しても出ないことが多いんだよ」

八作「仕事、忙しいんじゃないの？」

俊朗「他に好きな男が出来たのかもしれない」

八作「どうかな」

俊朗「だってさ、元々俺なんかには不釣り合いな美人なんだ。言い寄ってくるクソ野郎だっているとと思うんだ」

八作「どうかな……」

八作、台所の方を見ると、流し台の下の戸が開き、早良が顔を出している。

俊朗「電話かけてみる」

八作「（え、と）」

八作、俊朗のすぐ後ろのソファーに早良のスマホが置いてあるのに気付く。
かけはじめた俊朗。
八作と流し台の下の早良、動揺して。

52　卓球カフェ・店内（夜）

卓球をしているとわ子と鹿太郎。
とわ子のサーブが決まる。
二人、歩み寄り、椅子に座って休んでいる唄の方を見て。

鹿太郎「医者目指してたんじゃないの？」

とわ子「それが結婚するとか言って」

鹿太郎「何それ。なんか心配ごとばっかりだな。四十五過ぎて不安しかない。これからはもっとちゃんと生きよ」

その時、ラケットが飛んできて、二人の間をすり抜ける。

鹿太郎「（思わず声をあげて）気を付けろよー」

ラケットを飛ばしてしまった男がこっちを振り返る。

鹿太郎「あー西川《にしかわ》社長。いつもお世話になっております」

平身低頭になる鹿太郎。
顔をしかめるとわ子、振り返ってカメラに向かって。

とわ子「大豆田とわ子と三人の元夫。また来週」

第3話終わり

第4話

1　ハイツ代々木八幡・大豆田家の部屋

とわ子、押し入れの段ボールを開けている。

N「ある日片付けをしていたら、子供の頃の書き初めが出てきた」

習字を広げると、「もうひとつの人生　2年2組大豆田とわ子」と書かれてある。

N「一体何を思って、こんなことを書いたのか。過去の自分が怖い大豆田とわ子」

とわ子、習字を見せようとリビングに行くと、唄がタブレットでモテメイク動画を見ながらメイクの練習をしている。

N「めっきり勉強しなくなって、メイクの練習ばかりしている大豆田唄。最近話が合わない」

唄「慎森みたいな透明感を目指してるんだよね」

とわ子「あれはただ不健康なだけだよ」

×　×　×

お風呂のパネルのボタンが点滅しており、お湯が溜まるのを待って、だらだらしているとわ子と唄。

N「お風呂が溜まるのを待つ時間って、暇だけど好き」

とわ子、スマホを見ていて、思わず笑って。

とわ子「ねえ見て（と、スマホを見せる）」

唄、見ると、ブレた写真で、部屋の天井あたりの一角が中途半端に写っている。

とわ子「写真フォルダにこういうの入ってる時あるよね？　いつ撮ったんだろっていう、うっかり押しちゃってた系の」

唄「そんなことないけど」

とわ子「え、あるよ、あるあるだよ」
唄「全然ないないだけど」
とわ子「嘘でしょ。え、じゃこういうのは？　スマホ見つかんなくてかけてみたら、あ、そこにありましたっていう……」

2　八作の部屋（前回からの回想）

俊朗が訪れている。
八作、台所の方を見ると、流し台の下の戸が開き、早良が顔を出している。
俊朗「電話かけてみる（と、かけはじめる）」
八作、俊朗のすぐ後ろのソファーに早良のスマホが置いてあるのに気付く。
焦る八作、慌てて立ち上がって、摑んだクッションをスマホの上に置いて、そこに寝転がる。
八作の頭の下でかすかにバイブ音が鳴る。
八作「（大きめの声で）連絡取り合わない関係ってそれだけ通じ合ってるってことじゃないかな」
俊朗「普通声を聞きたくなるだろ」
八作「好きな人の声は心が再生してくれるよ」
俊朗「（スマホを切り）おまえって、友達の相談、寝転がりながら聞く奴だっけ？」
八作「ごめんごめん」
クッションを押さえたまま起きる八作。
流し台の下の戸を開けて出て来る早良が見えた。
八作「……（俊朗にこっちを向かせようとして）さっきさ、なんかここのスジ違えちゃってさ（と、脇の下を示す）」
俊朗「まじか、見てやるよ」

　俊朗、八作を抱きかかえるようにして脇の下を揉む。
八作「あっ（と、くすぐったくて声が出て）」
俊朗「うん？　どのへんだ？」
八作「あっ」
　流し台の下から出た早良、置いてあったごみ袋二つを手にし、これ出しておいてあげるねと目で伝え、部屋から出て行った。
八作「あっ」
N「それが昨日の田中八作」

3　八作の部屋（現在に戻って）

　八作、玄関を開けたら早良が立っている。
N「これ、今日の田中八作」
早良「スマホって」
八作「はい」
　八作、部屋に戻り、置いてあったスマホを手にして戻ろうとすると、入って来ている早良。
早良「（スマホを受け取り）お邪魔します」
　早良、飾ってある水門の水彩画の前に行って。
早良「水門（と、苦笑し）誰が描いたの？」
八作「ご近所に絵を描くのが好きな方がいて」
早良「この絵が気に入ったの？」
八作「いただいたから」
早良「へえ、気に入ってもいない水門の絵を、貰ったからって飾ってるんだ？」

八作「(自嘲的に微笑って、首を傾げる)」
早良「わたしが捨てといてあげるよ。その人には、欲しいって人がいたからあげたって言えばいいよ。
そしたらあなたも負担にならないでしょ」
八作「結構です」
早良「(絵を見ながら)優しさで人に壁作る人って怖い」
八作「……」
早良、ソファーに座り、端に詰め、あなたも座りなよと場所を空ける。
八作「僕、そろそろ出かけるんで」
早良「じゃあ、わたしも出る」
早良、わざとスマホを置いて、行こうとする。
八作、素早くスマホを取り、早良に差し出して。
八作「明日は僕いないんで……」
早良「はじめてわたしと目が合った時、どう思った?」
八作「……」
早良「わたしも同じこと思ったよ、あ、タイプだって」
八作「何も思ってません」
早良「目でわかるから」
八作「……(苦笑して)ごめんなさい、何か勘違いされてるかと思うんですけど。僕はあなたに興味
ないし、あなた、俊朗の恋人じゃないですか」
早良「まだ全部預けたわけじゃないよ。タイプじゃないけどいい人だから付き合ってもいいかって思
った、でもタイプの人と出会った、別に不思議なことじゃないでしょ?」
八作「……俊朗は僕が今まで出会った中で一番いい奴です」

早良「それは同意見」
八作「一番仲のいい友達です」
早良「それじゃ恋を拒否する理由にはならないな」
八作「帰ってください」
見つめてくる早良に、八作、困惑し、……。
N「人は大抵見て見ぬふりをするが、この世にはモテ過ぎて困る、という人が存在する」
頭を下げる八作。
八作「お願いします。僕に構わないでください」
N「モテ過ぎて頭を下げることもある」

4　レストラン『オペレッタ』・店内（夜）

来店している慎森と鹿太郎。

慎森は翼の履歴書の写真を、鹿太郎はスマホで美怜の自撮りの写真を見て、ため息をつく。

互いのため息に気付いていて。

慎森「何見てるんですか？」

鹿太郎「別に（と、しまう）」

慎森「人が別にって言う時は、別になことじゃない時ですよね」

鹿太郎「別に、別にって思ったから別にって言っただけでさ別に。君こそ何見てたの」

慎森「別に（と、しまう）」

横からため息が聞こえた。

見ると、八作だった。

慎森と鹿太郎、オーダーを取りに行く八作を見て。

鹿太郎「彼がため息つくって相当なことだよね。（指で一センチほど示し）まだひと口半飲めるお酒
　下げられたのかな」
慎森「それそんなに嫌ですか？　髪切りました？　って言われたんじゃないですか」
鹿太郎「それそんなに嫌？　タクシー止まった瞬間にメーター上がったんじゃない？」
慎森「三人で盛り上がっててひとりトイレに行ったら、残ったひとりがスマホ出したんじゃないか
な」
鹿太郎「全員、下の名前で呼び合ってるのに自分だけ上の名前で呼ばれたのかな」
潤平「また女性にモテて困ってるみたいなんです」
鹿太郎「モテて困ってる？　何それ、ＳＦ？」
慎森「それは最初だけで、喋ってみたらなんか思ってた感じと違ってたー、って言われるんですよ」
潤平「彼は右肩上がりでどんどん好かれるんです」
慎森「それ、ＣＧですか？」
潤平「何もしなくても自動的にモテるんですよね」

×　×　×

潤平のイメージ。
エレベーターの前に来る八作を見て振り返る女性。
潤平の声「歩いてるだけで」
エレベーターのボタンを押す八作。
扉が開いて、八作を見る女性。
降りようとしていたのに降りない。
潤平の声「ボタンを押すだけで」

エレベーターに乗っている八作。
若い女性、年を取った女性、小さな女の子、みんな八作を見ている。
潤平の声「モテ方が自然現象なんですよね」

×　×　×

慎森「懲役を科した方がいいですね」
オーダーを聞いて戻って来た八作、潤平に伝える。
慎森と鹿太郎、八作を見て。
鹿太郎「公共の敵だね」
八作「お願いします」
鹿太郎「そんなに女性が苦手なら代わってあげようか」
慎森「女性から残念って思われる方法お教えしましょうか」
鹿太郎「なんか腹立つなぁ」
八作「知ってるんですか」
慎森「よく知ってます」
鹿太郎「彼の真似をするとサービス業は出来なくなるよ」
慎森「サービスっていります？」
八作「(ため息)」

5　ハイツ代々木八幡・大豆田家の部屋

とわ子、寝ようと思うと、リビングで電話が鳴った。
時計を見ると、一時近くで、こんな時間に？　と。

N「夜中に電話が鳴った時ほど家族を思うことはない」
とわ子、緊張してリビングに行き、電気を点ける。
唄も出て来た。
N「そんな不吉なベルと共にはじまった今週、こんなことが起こった」

6　**今週のダイジェスト**

N「QRコードが出せなくて、店員さんから、へって顔された大豆田とわ子」
お会計で、スマホのQRコードを出せないとわ子。

×　×　×

喫茶店で、店を飛び出すとわ子。
テーブルにプリンアラモード。
N「プリンアラモードを食い逃げする大豆田とわ子」

×　×　×

逃げるかごめを走って追うとわ子。
N「友達を追いかける大豆田とわ子」

×　×　×

八作と早良が向き合っている方へ近付くとわ子。
N「元夫のラブシーンに急接近する大豆田とわ子」

7　ハイツ代々木八幡・大豆田家の部屋

N「そんな今週の出来事を、今から詳しくお伝えします」
　とわ子、鳴っている電話を探して、テーブルなどの下に手を伸ばして、手にした。
とわ子「かごめのか。あ、切れた（と、首を傾げ）寝よう寝よう」
　とわ子、電気を消すが、またもう一度点けて、カメラに向かって。
とわ子「大豆田とわ子と三人の元夫」

○　タイトル

8　通り

　歩いているかごめ。
N「これ、綿来かごめ。大体手ぶら」
　知人に会って、話しかけられるかごめ。
　かごめは飲食店の店頭販売を見ている。
N「人の話は聞いてない。大事な話ほど聞いてない」
知人「息子が受験に失敗しちゃって」
かごめ「おめでとうございます」

×　×　×

　かごめ、食べ歩きしている。
N「買ったものはその場ですぐ食べる」

ふと思う。

N「人の家に携帯を忘れても三日気付かない」

9　ハイツ代々木八幡・大豆田家の部屋（夜）

とわ子とかごめ、部屋でメイクしている唄を見て。

とわ子「最近話が合わないいんだよ」

かごめ「前はわたしがあんたと話してるだけで、俺の女と喋るな感出してたのにね。発芽したんじゃない？」

とわ子「発芽？　何、発芽って」

かごめ「娘となら話が合うと思ったら大間違いだよ」

とわ子、置いておいたかごめのスマホを渡す。

とわ子「普通遅くても次の日には取りに来るよ。三日って」

二人、台所に行き、調理の支度を自然とはじめる。

かごめ「気が付いたらなかったんだよね」

とわ子「気が付いたらが多過ぎるんだよ。何で気が付く前に気が付かないのかな」

かごめ「気が付いたら四十だしね」

とわ子「気が付いたらアイスランドにいたとかあったでしょ」

かごめ「あったね。気が付いたら指名手配されてた」

笑う二人。

とわ子「（真顔になって）全然笑えなかったわ」

N「気が付いたら三十年の付き合い」

10　回想

公園で、男の子の腕に噛みついている十歳のかごめ。
男の子が泣いて暴れても離さない。
顔をしかめ、何だあれと見ている十歳のとわ子。
男の子を離し、何だおまえと睨んでくるかごめ。

N「町内で狼少女として怖れられていた綿来かごめと遭遇したのが十歳の時」

×　×　×

とわ子、尾行していると、横断歩道の前で動けなくなったかごめがいた。

N「怖いもの知らずの狼少女には唯一、信号のない横断歩道を渡れないという弱点があった」

かごめがびくびくしていると、とわ子が傍らに立ち、手を繋ぎ、手を挙げて一緒に渡ってあげる。
とわ子の横顔を勇ましいと感じて見つめるかごめ。

×　×　×

公園にて、ベンチに漫画雑誌「りぼん」を置いて、地面に膝をついて一緒に読んでいるとわ子とかごめ。

N「二人共絵を描くのが好きなことがわかり、ほどなくして共作して漫画を描くようになった」

×　×　×

部屋のこたつでジュースを飲みながら漫画を描いているとわ子とかごめ。

N「二人なら一条《いちじょう》ゆかり先生や岡田《おかだ》あーみん先生の倍すごい漫画が描けるはず。その時のペンネームが」

漫画「輝くキッス」の表紙に「空野《そらの》みじん子《こ》」と作者名がある。

N「残念ながら空野みじん子は大喧嘩の後に解散した」

×××

距離をおいて歩いているとわ子とかごめ。

知らんふりしながらお互いを意識している。

N「仲がいいのと聞かれると首を傾げる。仲が悪いねと言われると悲しくなる」

とわ子、振り返ると、かごめが横断歩道の前で立ちすくんでいて、駆け寄って行く。

N「十九歳の時、二人でウキウキ海外旅行に行った」

×××

激しく揺れる暗いトラックの荷台に縄で縛られて身を寄せ合っているとわ子とかごめ。

N「誘拐された」

停まって後部扉が開き、恐怖にひきつる二人の顔に懐中電灯の光を当てる警察官。

×××

勤務先の会社の廊下、書類を運んでいるかごめ。

同僚の女性が上司にひどく怒鳴られている横を通る。

かごめ、書類を捨て、靴を脱いで上司に投げた。

N「就職したかごめは、入社三ヶ月目に退職し、それを皮切りに八回転職した。で、三十歳の誕生日の日に」

毛布に巻かれた赤ん坊を抱いて走る裸足のかごめ。

×××

N「隣の家に住んでいたかわいそうな赤ん坊を連れて逃げた」

×××

自宅テレビで、かごめが指名手配されているニュースを見て、うどんを食べかけたまま止まるとわ子。

かごめの声「ま、それも今となっては笑い話か」

11　ハイツ代々木八幡・大豆田家の部屋

台所で飲み食いしているとわ子とかごめ。

とわ子「（そうか？　と思いつつ）あの子って」

かごめ「今頃十一歳だねー（と、遠い目で）」

とわ子「おばあちゃんちで元気にしてるといいね」

かごめ「（そう思いながらも）はい出来た。やみつきもやし」

二人、食べて、美味しい！　となって。

とわ子「わたし、最後の晩餐はもやしでもいいな」

かごめ「あっさりし過ぎじゃない？」

とわ子「最後はあっさりの方がいいでしょ」

かごめ「わたしはコロッケかな」

とわ子「揚げ物？」
かごめ「ま、わたしは死なないと思うけどね。大人になるまで、まだたぶん百年くらいかかるし」
とわ子「（苦笑し）生きて見届けたいな」

12　通り

ひとけのない通りを歩いて帰るかごめ。
運転席の暗いワンボックスが駐まっている。
かごめ、何か嫌な感じがしながら通り過ぎる。
ワンボックスも動きはじめた。
急ぎ足にすると、ワンボックスもそれに付いて来た。
かごめ、走り、前方から来た誰かとぶつかった。
悲鳴をあげて、見ると、五条廣務《ごじょうひろむ》（48歳）である。
五条「かごめさん」
かごめ「（五条を見て、ほっと息を吐いて）五条さん」
走り去るワンボックス。

13　ハイツ代々木八幡・大豆田家の部屋

温かいお茶を飲んでいるかごめ。
見守っているとわ子、唄、五条。
かごめ「いやいや、ただの気のせいだったんだよ」
五条「でももう遅いですし、泊めていただいた方が」
とわ子「そうだよ。（五条に）ありがとうございました」

かごめ「（五条が持っている袋に気付き）五条さん、それって」

五条「あ、（渡して）公演で仙台に行ってきて……」

とわ子「萩の月ですか」

五条「通りもんです。仙台に行って、博多名物見つけて買って来たんです」

かごめ「それ面白いね（と、笑う）」

五条「面白いでしょ（と、笑う）」

とわ子・唄「（面白いか？　と）」

通りもんを食べるかごめを見て微笑んでいる五条。

N「五条さんはオーケストラ指揮者で、別の階に住んでいる。紳士でユーモアがあって、しかも独身だ」

五条、オーケストラ公演のフライヤーを取り出し。

五条「実は金曜日に公演がありまして。かごめさんがお好きだとおっしゃってたシューマンをやります」

かごめ「（受け取り、食べながら見て）……」

五条「公演後にお食事なんてどうでしょ」

かごめ「（通りもんを食べている）」

とわ子「（何とか答えなさいよと口パクで）」

かごめ「（食べながら顔を見ずに）あ、はい」

五条「（笑顔になって）お待ちしています」

とわ子「（安堵して微笑んで）」

14　ハイツ代々木八幡・大豆田家の部屋（日替わり）

ウォークインクローゼットにて、かごめにドレスを合わせているとわ子。

とわ子「発芽寸前だね。あんな素敵な人、そういないと思うよ」
かごめ「（嫌そうな顔で）好きな食べ物が同じなんだよね」
とわ子「それはいいことだよ」
かごめ「（嫌そうな顔で）笑いのツボも一緒だし」
とわ子「それもいいこと」
かごめ「（嫌そうな顔で）ま、そもそも気が合うっていうか」
とわ子「その何が問題？」
かごめ「グアムに住んでる人がサイパンに旅行行くか？」
とわ子「いいんだよ。男女交際は南国旅行じゃないんだから」

×　×　×

かごめにメイクをしてあげたとわ子、鏡を見せる。
美しくメイクされた顔が映った。

かごめ「……（苦笑し）お母さんにそっくりだな」
とわ子「（微笑み）すごく綺麗だよ」
とわ子、パールのネックレスを手にし、かごめの首に回し、留めてあげる。
かごめ「面倒くさいなあ。二人でご飯なんて、何話すの」
とわ子「自分が興味ある話をすればいいんだよ」
かごめ「埴輪《はにわ》と土偶、どっちが好きですか？」

とわ子「それでいいと思う。五条さんにはその違いがわからないと思うから説明してあげて。きっと聞いてくれる」

かごめ「……（頷き）がんばる」

かごめのスマホが鳴る。

しかし無視しているかごめ。

とわ子「（どうして出ないのだろう、と）……」

×　×　×

夜になって。

ニャースのうたを口ずさみながら、菜箸を持って食卓の上の料理を整えているとわ子。

とわ子「♪　あおいあおい　しずかなよるには　おいらひとりで　てつがく……」

時計を見ると、夜七時だ。

はじまったかなと微笑むとわ子。

菜箸を指揮棒のようにふって。

とわ子「♪　おいしそうにないてるけど　こんやはたべて……」

唄が白けて見ていた。

とわ子「（続けて）♪　あげないのニャー」

×　×　×

ウォークインクローゼットにて着替えているかごめ。

バッグをしまうなどしながら話しているとわ子。

とわ子「発芽した？」

かごめ「発芽したよー。楽しかったー。最高の夜だった」
とわ子「そっかあ（と、嬉しく見つめる）」

15　パン屋・店内（日替わり、朝）

ジャージ姿でパンを買いに来たとわ子。
レジの店員がＱＲコードの読み込み機を出す。
とわ子「（スマホを操作し）ＱＲコードね……えっと……」
後ろに列が出来ていて、焦る。
とわ子「知ってるんだけど、えっと、わかってるんだけど……」
その時、横から手が伸びて、押してくれた。
五条だった。
とわ子「あ、ありがとうございます」

16　同・外

パンを買って出て来たとわ子と五条。
とわ子「良かったですね。かごめ、すごく楽しかったって、すごい発芽したって……」
五条「（浮かない顔）」
とわ子「（あれ？　と）え、もしかしてあの子、余計なこと言いました？　全然あれで悪気はなくて……」
五条「何も言われてません。彼女、いらっしゃらなかったんで」
とわ子「へ？」
五条「連絡しても出られなくて。だから食事にも行ってません。嫌われちゃったかな（と、淋しそうに薄く微笑む）」
とわ子「……」

17　喫茶店・店内

窓際の席にかごめが座っており、嬉しそうにプリンアラモードを食べようとすると、入店してきたとわ子が来た。
かごめ「反省してるよ、反省してます」
とわ子「（店員に）コーヒーください」
とわ子、座って。
とわ子「反省してる人が食べるものではないね」
かごめ「反省してる時に食べるものって何？　生のごぼうとか、蓋開けてすぐの小籠包とか？」
とわ子「五条さん、すごい悲しそうだったよ」
かごめ「急にお腹痛くなっちゃってさ、あーまた痛くなってきた」
とわ子「何かっちゃお腹痛いで誤魔化すよね」
かごめ「痛い痛い痛い」
とわ子「ねえ、五条さんはさ……」
かごめ「優しくしてよ。猫だってお腹痛くしてたら心配してくれるよ（と、プリンを食べはじめる）」
とわ子「（息をつき）わかったよ。お節介でした。珍しくその気があるのかなって思っちゃったから」
かごめ「ま、あるっちゃあるよ、その気」
とわ子「あるんだ。五条さんのこと、あるんだ」
かごめ「なんだったら好きだね。だいぶ好きだね。二人で食事なんかしたらめっちゃ楽しかっただろうね」

とわ子「遅くないよ、連絡しなよ」
かごめ「いい（と、プリンを食べている）」
とわ子「そういうのって癖なんだよ。ひとりが癖になってるの。爪噛んだり前髪触ったりと一緒、つい、ついひとりを選んじゃう。でもね……」
かごめのスマホが鳴るが、かごめは出ずに拒否した。
とわ子、まただ、と見る。
かごめ「人のことは言うよね」
とわ子「……人のことは言うよ。そういうもんじゃん」
かごめ「あ、そう」
とわ子「人のことは言うよ。三回失敗してるくせに偉そうなアドバイスだってするよ」
かごめ「そういう意味で言ったんじゃないよ」
とわ子「そういう意味で言っていいよ、そうだもん」
かごめ「どうなのって聞いてるんだよ。それでもまだ誰かと一緒にいることを、肯定？ 出来るってどんな感じなのって。何も残らない感じなのって」
とわ子「それは、そりゃ一回も失敗してなかった頃とは違うけどさ。かごめはまだ……」
かごめ「まだ失敗すらしてない」
とわ子「そういう意味で言ったんじゃないよ」
かごめ「そういう意味で言っていいよ、そうだもん」
とわ子「悪かったよ、お説教みたいなこと言って」
かごめ「何だよ、文句あるなら言いなよ」
とわ子「別に……（と言いかけたが）残らない別れなんてないよ」
かごめ「……」

とわ子「(笑顔で) 悪かったよ。わたしも舞い上がってて……」
その時、傍らに立つ夫婦っぽい男女、綿来史郎《しろう》(40歳)、綿来杏子《きょうこ》(40歳)。
史郎「かごめちゃん」
笑顔の史郎と杏子。
かごめ「(プリンを食べながら) あー」
とわ子、誰だろう、と。
かごめ「(とわ子に史郎たちを示し) あ、いとこ」
とわ子「あ、(史郎たちに) こんにちは、はじめまして」
史郎「はじめまして。(かごめに) ちょっといいかな」
史郎、座ろうとする。
かごめ「あ、じゃあわたし、もう出るから、よそで」
かごめ、ポケットからくしゃくしゃの千円札を出し。
かごめ「ごめん、お会計しといて。(プリンの残りを示し) それ食べていいよ」
出て行くかごめ、史郎、杏子。
とわ子「(呆気に取られて見送って) ……」
プリンを食べようとすると、かごめのスマホが忘れてあって、慌てて手にして席を立つとわ子。

18 同・前の通り

とわ子、出て来ると、かごめが史郎の運転するワンボックスに乗り込んだ。
追おうとするが、走り去った。
N「それきり、連絡が取れなくなった」
気付くと、店員がいて、伝票を突きつけられた。

19　ビジネスホテル・部屋

N「その頃、中村慎森」
　慎森、いらないレシートなどのごみを捨てている。
　折り鶴があって、それも捨てる。
　翼の履歴書があった。
　悔しそうに見据え、引き裂いて、ごみ箱に捨てた。

20　同・エントランス

　慎森、フロントに鍵を置き、出かけて行く。

21　通り〜公園

　出勤する慎森、公園の脇を通る。
　歩きながらも気になって横目でちらちらと公園の中を見ていると、背後から翼に声をかけられる。
翼「先生」
慎森「わあ（と、びっくりして、のけぞる）」
翼「大丈夫ですか？」
慎森「だ、大丈夫ですよ、ただ急に声をかけられたから、こちらも急な反応に至っただけです」
翼「会いに来てくれたんですか？」
慎森「別に。ただ、ここはよく犬が背中を地面にこすりつけるのを見かけやすいスポットなので」
翼「スポットどこですか、探しましょうか」

慎森「結構です」
翼「ごめんなさい、心配してくれたのに」
慎森「心配してません。僕が心配するのはシャンプーしてる時の背後とおにぎり出す時に海苔《のり》が破れないかだけです」
翼「何ですか？」
慎森「何でもありません、調子良く喋っただけです。あ、遅刻してしまう。失礼します」
慎森、歩き出す。
翼「また会えるかな？」
慎森「（振り返り、険しく）いい加減にしてくれるかな。君のくだらない嘘のせいで僕は貴重な時間を無駄にした」
翼「嘘はついたけど、くだらない嘘はついていないよ」
慎森「え？」
翼「先生に近付くための嘘だったから。（慎森の目の前に立ち）まだわたしが誰なのかわからない？」
慎森「（え、と）……？」

22　美怜のマンション・廊下〜美怜の部屋の玄関

N「その頃、佐藤鹿太郎」

ジョギングスーツで、目深に帽子を被り、ゴーグルをし、口元まで襟で隠した鹿太郎が来た。

インターフォンを押して、ゴーグルを外す。

玄関のドアが開き、男・天沢道彦《あまさわみちひこ》が立っている（顔が見えず、後ろ姿のみで）。

対峙した鹿太郎と天沢。

鹿太郎「（ぽかんと天沢の顔を見て）ど、どうも……」

23　同・前の通り

ジョギングスーツ、帽子、ゴーグルの天沢が出て来て、走り去って行く。

24　美怜の部屋

部屋で服を着ている鹿太郎。
寝室にいて、着替えを待っている美怜。

鹿太郎「今みたいな感じってことでしょうか？」
美怜「うん。彼がうちに来て、パパラッチがいるってわかった時はこんな風に入れ替わって欲しいの」
鹿太郎「なるほど」
ズボンが落ちたので、慌てて上げる鹿太郎。
美怜「引き受けてくれてありがとう」
鹿太郎「別に僕は……さしでがましいようですけど、その、不倫はやめた方がいいんじゃないでしょうか」
美怜「さしでがましいね」
ズボンが落ちたので、慌てて上げる鹿太郎。
鹿太郎「すいません。でも……あなた、とても悲しそうです。わたしは大丈夫、そう演じてるだけのようです。（首を振り）大丈夫の演技はしちゃダメです」
美怜「……」
鹿太郎「あなたの不倫の手助けをするつもりはありません。ただ、あなたがあなたらしく戻るための手伝いはします」

美怜「……（届くものがあって、振り返り）佐藤さん」
ズボンが落ちたので、慌てて上げる鹿太郎。
鹿太郎「すいません……」

25　通り

クリーニングチェーンの営業車のシートで、食べかけの弁当を膝に載せ、スマホで話している俊朗。
俊朗「あ、もしもし、八作？　あのさ、三人でメシ食わない？　やっぱり早良には誰か他に好きな男がいる気がするんだよね。そこんところ探ってみてくれよ」

26　レストラン『オペレッタ』・店内

八作、スマホを切って絶望し、ため息。
N「今日もモテて頭を抱えている田中八作」
八作「（潤平に）消えてしまいたい……」
N「モテるから」
八作「何もかもが嫌だ」
N「モテるから」
潤平「女性から嫌われるようにすればいいんじゃない？」
八作「女性から嫌われる？　どうやって？」

27　八作の部屋（日替わり、夜）

訪れている俊朗と早良。

テーブルにホットプレートがあって、俊朗がお好み焼きを焼いている。
八作がトイレから戻って来る。
八作「(ズボンで手を拭きつつ) いやーわりいわりい、おしっこ全然止まんなくてさ」
俊朗「おまえ、ズボンで手拭くなよ。大人なんだから」
八作「えへへへ (と、どうだ？ と横目に早良を見る)」
特に気にしていない様子の早良。
豹柄の服で、腰にチェーンをたくさん付け、可愛いキャラクターの靴下をはいている八作。
俊朗「おまえ、なんか趣味変わった？」
八作「あー疲れた疲れた」
靴下を脱ぎ、テーブルに置く。
俊朗「靴下そこ置くなよ。食べ物置くとこだぞ」
八作「もう三日風呂入ってなくてさ (と、髪をかきむしる)」
俊朗「食事中だぞ。(早良に) 大丈夫？」
早良「うん、全然」
八作「(うーんダメか、と) 彼女さんは料理とか出来んの？」
早良「まあ、肉じゃがとかだったら」
八作「(早良を指さし) 女子力ー。アピールしちゃって」
俊朗「普通だろ別に」
八作「(早良を指さし) なんか太った？」
俊朗「おい、失礼だろ。(早良に) ごめんね」
早良「ううん」
俊朗「こいつ前はモテる男でさ、あまりに自然にモテるから、オーガニックなホストって呼ばれてたんだよ」

下品に食べようとしてこぼしてしまう八作。

早良「大丈夫ですか？」

早良、八作の胸元をハンカチで拭いてあげる。

八作「あ、ダメ」

俊朗「ダメ？」

八作「あ、や……」

早良「(微笑み) 男の子みたい」

俊朗「可愛いっちゃ可愛いよな。俺もおしっこ行ってくるわ」

八作「お手洗いって言え」

席を立ち、行く俊朗。

八作、これみよがしに鼻くそをほじっていると。

早良「そういうことでは嫌いにならないよ」

八作「……」

八作、指をティッシュで拭き。

八作「もうあいつを好きじゃないなら一緒にいちゃダメでしょ」

早良「田中さんが教えてあげればいいでしょ。あの女は俊のことを好きだからやめとけって」

八作「……」

早良「言えないなら、ずるいのはわたしも田中さんも一緒だよね。共犯者だ」

八作「……」

×　×　×

台所で洗い物しながら話している八作と俊朗。

俊朗「（小声で）どう？　浮気してるように見える？」

八作「（正直に言おうと思って）彼女……」

俊朗「うん（と、真《ま》っ直《す》ぐな目で八作を見ている）」

八作「……（微笑って）いい子そうだね」

俊朗「そんなことは知ってるんだよ」

八作、リビングの方を見ると、早良が見つめていた。

×　×　×

二人が帰った後、疲れた様子の八作。

インターフォンが鳴って、ん？　と玄関に行く。

八作「（ドアを開け）忘れ物？」

早良がひとりで立っている。

八作「……（後ろを見て）俊朗は」

早良「帰るって嘘ついて戻って来たから……」

八作、ドアを閉めようとする。

早良「待って……」

八作、構わず閉めたら早良の足を挟んでしまった。

転んでしまう早良。

八作「あ……！」

×　×　×

ソファーに横になった早良、足首にタオルを巻く。
八作、保冷剤を十個ぐらい持って立っていて。

早良「そんなにはいらないかも」
八作、ひとつ渡すと、早良、足首にあてる。

早良「わたしも保冷剤よく溜まっちゃう」

八作「（スマホを出し）俊朗に連絡して迎えに……」

早良「田中さんに会いに来たことバレるよ」

八作「……（どうすればいいんだ、とため息）」
早良、テーブルの下にある囲碁の盤を見つけて。

早良「何これ？　オセロ？」

八作「（息をつき）囲碁です」

早良「へえ、囲碁？　へえ、勝負しようよ」

八作「そんなすぐに出来る簡単なルールじゃないから」

×　×　×

囲碁をしている八作と早良。
早良は保冷剤を付けた片足を投げ出している。

早良「あ、負けた」

八作「はい」

早良「なるほどね、そういうことか。もう一回やろう」

八作「もういいんじゃないですか？」
早良、碁石をざーっと盤から容器に落として。

早良「はい（と、新たな碁石を盤上に置く）」

八作「（やれやれと思いながら）はい（と、碁石を置く）」

双方、二、三手打って。

早良、少し考え、碁石を置く。

八作「（あ、と思って早良を見る）」

早良「モテてるんだからもっと喜べばいいのに」

二人、どんどん打ちながら話す。

八作「モテたい人にモテないんじゃ意味ないですよ」

早良「そういうところ。そういうこと言うからモテるんだよ。フラれたことなんかないでしょ」

八作「ありますよ、普通に」

早良、盤面を見据えながら、痛めているはずの脚の膝を立てる。

早良「（膝に肘を乗せて）どうやってフラれたの？（と、打つ）」

八作「（盤面を見つめ）全然相手にされませんでした」

早良「片思い？　傷ついた？」

八作「そのあとすぐ別の人と知り合って結婚して、幸せだったんで……（と、打つ）」

早良「でも離婚したの？（と、打つ）」

八作「はい（と、打つ）」

早良「原因は？（と、打つ）」

八作「……別に（と、打つ）」

早良「（すぐに打って）どうしたってモテちゃうよ。田中さん、面倒くさくないもん」

八作「（打ち手を迷って）……」

早良「普通何だって、自分に有利に運ぼうとするものでしょ。仕事だって、スポーツだって、囲碁だって。でも恋愛は違う。自分を有利に運んじゃいけない。一生負け続けてくれる人が最高の恋人だもん。そういう田中さんみたいな人って、あんまりいないいんだよ。正直に言って？　わたしのことタイプでしょ？」

八作「そうかもしれませんね」

早良「だったら……」

八作「タイプじゃなくても好きになることはあるし、タイプでも好きにならないことはあります（と、打つ）」

早良「（盤面を見て）なるほど。これはわたしの負けだね」

八作「いやでも驚きました。本当は経験あるんですよね」

早良「はじめてだって言ってるじゃん」

立ち上がる早良、保冷剤を捨てて、背筋を伸ばす。

気合いを入れるように足踏みをする。

早良「もう一回行こう。わたしはね、勝って恋に落とすタイプ」

八作「……」

×　×　×

毛布がかけられて眠っている早良。

28　レストラン『オペレッタ』・店内

寝袋を着て床に寝転がっている八作。

ため息をつき、ファスナーを閉じて袋の中に消える。

転がったら椅子の脚に頭がぶつかり、中で呻く。

29　ハイツ代々木八幡・大豆田家の部屋

とわ子、寝ようと思うと、リビングで電話が鳴った。

時計は一時近くで、またこんな時間に？　と思いながら緊張してリビングに行き、電気を点ける。

唄も出て来た。

テーブルでかごめのスマホが鳴っている。

とわ子、手にし、ボタンを押そうとする。

唄「出るの？」
とわ子「（頷き、出て）もしもし？」
無言だ。
とわ子「もしもし？」
史郎の声「綿来かごめはそちらにいますか」
とわ子「（え、と）……どちら様ですか」
史郎の声「いませんか」
とわ子「（あ、と気付き、和やかな声にし）この間はどうも」
史郎の声「……どうも」
とわ子「かごめのいとこの方ですよね。わたしもあれから会ってないんですけど、一緒じゃないんですか」
史郎の声「逃げられました」
とわ子「（微笑って）あー、よく逃げるんですよね」
史郎の声「（微笑って）やっぱり」

とわ子、相手を探りながらも和やかな声で。

とわ子「奴、またなんかやらかしたんですか？」

史郎の声「実家の資産を全額寄付しちゃったんですよ」

とわ子「……（わざと調子よく驚いて）えー、まじですか」

史郎の声「三億ですよ、三億。おばあちゃんの遺産、僕らに断りもなく、児童施設なんかに」

とわ子「それはひどいですねー」

史郎の声「親戚一同怒ってますよ」

とわ子「それは怒って当然です」

史郎の声「僕らはねみんな、あいつが両親を亡くして以来、ずっと世話してきてやったのに」

とわ子「（知らなかった）……へえ」

史郎の声「ひどいでしょ」

とわ子「それでお探しになってるんですね」

史郎の声「ええ、親戚一同で問い詰めようと思いましてね……」

とわ子「（遮って）バーカ、バカバカ、バーカ」

怒鳴って、電話を切る。

唄「（見ていて）小学生か」

とわ子「（照れて、そしてかごめのことを思って）……」

×　×　×

回想。誘拐されたトラックの荷台で縛られたかごめがとわ子に言う。

かごめ「わたし、実家でお葬式あげられるのだけは嫌だから、あんた生き残ったらよろしく頼むね」

30　かごめのアパート（日替わり）

古いアパートの外階段を上がって来るとわ子。
部屋の前に立って、ノックする。
返事はないので、台所に面した小窓などから覗き込むが、気配はない様子。
立ち去りかけて、だるまさんが転んだのように振り返るが、様子は変わらず。
しつこく振り返るとわ子。

31　通り

店のギャルソン姿の八作、買い出し用のバスケットを提げて歩いている。
特売コロッケののぼり旗があって、買おうとしているかごめが見えた。
かごめはキャリーバッグを持っている。
八作、見つめ、そして思い切って歩み寄る。

八作「やっほー」
かごめ「（一瞬見て、すぐにコロッケを見て）カレー味かー」
八作「かごめちゃん、久しぶり」
かごめ「うーん、普通のをひとつ、（八作に）食べる？」
八作「食べる」
かごめ「（店員に）二つください。（お金を払いながら八作に）田中くん、相変わらず元気なさそうだね」
八作「そうだね、元気とは無縁だね」
かごめ「とわ子に紹介されて会った時、この人、本の間に挟まってる虫かと思ったもん。いや、あの虫の方が元気か」
八作「あの虫は意外と元気だね。先にかごめちゃんと知り合ったんだよ。かごめちゃんに彼女を紹介されたの」
かごめ「そうだっけ、そういう順番だっけ（と、首を傾げる）」
八作「（同じように首を傾げる）」
店主がコロッケを二つ出す。
かごめ「どうも。（八作に）はい」
八作「ありがとう」
かごめ「わたしに会ったこと、とわ子には内緒ね」
かごめ、コロッケを食べながらさっさと歩き出す。
八作「何で？」
かごめ「がんばってねー。何をがんばるか知らないけど」
ひとり笑いながら去って行った。
八作「（微笑って見送って）……（ふと切なそうな表情）」

32　大通り

コロッケを食べながら歩いて来るかごめ、キャリーバッグを抱えて歩道橋を上がって行く。

交差する通りを歩いて来るとわ子。

お互いに気付かない。

33　通り

歩いて来るとわ子。

向こうから、コロッケを食べながら歩いて来る八作。
八作「（気付き、コロッケを挙げて）やっほー」
とわ子「何でコロッケ食べてるの。最後の晩餐？」
八作「何それ」

34　レストラン『オペレッタ』・店内

八作、とわ子にカフェオレを出す。
とわ子「どこ行ったのかな」
八作「昔からよく喧嘩してたもんね、君たち」
とわ子「喧嘩っていうか」
八作「僕がぷよぷよしてたら、どの動物の鼻が一番笑えるかで喧嘩はじめて」
とわ子「何で？」
八作「（首を傾げ）最後はかごめちゃんがテーブルひっくり返して、君がグラスを壁に投げつけてた」
とわ子「やくざじゃん」
八作「やくざだなって思った」

×　×　×

回想イメージ。

テーブルがひっくり返っていて、壁際でグラスが割れていて、とわ子とかごめが睨み合っている。

八作がぷよぷよを続けている。

とわ子の声「よくその状況でぷよぷよ続けたね」

×　×　×

とわ子「今の話の注目ポイントはそこだよ」
八作、首を傾げて微笑って、グラスを磨きながら。
八作「(思い返すように) かごめちゃん、昔言ってたよ。とわ子は友達じゃないんだよ。家族なんだよねって」
とわ子「……へえ」
八作「とわ子はわたしのお父さんでお母さんで、きょうだいなんだよね。だから甘え過ぎちゃうんだよって」
とわ子「……」
八作「とわ子はわたしのおじいちゃんでおばあちゃんで、おじで、おばで……」
とわ子「負担大きいな。そこまで大家族背負わされたら」
とわ子、笑ってしまうし、かごめを思って悲しい。
八作「そのうち仲直りするでしょ。ずっとそうだったし」
とわ子「喧嘩っていうか。心配、してて」
八作「心配って？　また赤ちゃん盗んだ？」
とわ子「(何でもないと首を振る)」
八作「(その表情を見て) さっきかごめちゃんに会った」
八作、置いてあったコロッケを手にし。
八作「コロッケ奢ってもらった」
とわ子「……」

35　大通り（夕方）

歩道橋の上にかごめがおり、欄干に肘と顎を載せて、遠くを見ている。
走って来る音が聞こえ、見ると、とわ子だ。
かごめ「おっと」
キャリーバッグを抱えて逃げるかごめ。
追って来るとわ子。
とわ子「待て！」
かごめ「待たない！」

36　通り

追うとわ子。
かごめは足が速く、どんどん先を行く。

37　横断歩道の前

息を切らし、走って来たとわ子。
もう追いつけないかと思って前を見ると、横断歩道の前に立っているかごめ。
時々車が来るので、タイミングが悪く渡れない様子。
とわ子、……。
とわ子、歩み寄って、おたおたしているかごめの傍らに立つ。
とわ子、かごめの手を取る。
手を挙げて、横断歩道を渡る。

とわ子の手を強く握るかごめ。
強く握り返すとわ子。
渡りきった。
目を逸らしたままの二人。

38　ハイツ代々木八幡・前の通り（夜）

帰って来たとわ子とかごめ、マンションに入ろうとすると、お財布を持った五条が出て来た。
三人それぞれに、あ、と思う。
目が合うかごめと五条、ほんの少しの間の後に。
五条「（淡々と知人にするように）こんばんは」
かごめ「（淡々と）こんばんは」
とわ子「（かごめを気にしつつ）こんばんは」
五条「夜もあったかくなってきましたね」
かごめ「そうですね」
五条「では」
かごめ「いってらっしゃい」
静かな笑みを残し、立ち去って行く五条。
かごめ「（少し切なく見送って）……」
とわ子「（そんなかごめを見つめ）……」

39　同・大豆田家の部屋

台所で食事の支度をしているとわ子とかごめ。

かごめ、とわ子の目の前に顔を近付け。

かごめ「最近ね、一本だけ太くて長い眉毛が生えてくんの。抜いてもまた生えてくるんだよ」

とわ子「それぐらいはあるよ」

かごめ「わたしだけは不死身だと思ってたんだけどな」

かごめ、冷蔵庫を開け、中の食材を探しながら。

かごめ「色々さ、聞いた？」

とわ子「あ、豆板醬《トウバンジャン》、賞味期限見てね。うん」

かごめ「賞味期限ね。わたしのこととか、親の、なんかそういうこととか」

とわ子「そだね」

かごめ「（苦笑し）豆板醬に賞味期限なんかある？」

とわ子「（苦笑し）ないか」

かごめ「（豆板醬を渡し）忘れてね」

とわ子「（豆板醬のラベルを見ながら）うん」

かごめ「そのことでわたしのこと見て欲しくないんだよね。そこをもってわたしを語られるのがやなんだよね」

とわ子「うん」

かごめ「わたしはそれを超えるアイデンティティを作ってきたはずだし、あるから」

とわ子「あり過ぎるくらいね」

かごめ、ズボンのお腹のところに差し込んであったよれよれの大学ノートを出し、とわ子に見せる。

とわ子、ん？　と開くと、漫画のネームだった。

かごめ「わたし、また漫画描くことにしたよ。空野みじん子を蘇らせるよ」

×　×　×

とわ子が床にしゃがみ込んで、ネームを読んでいる。

かごめ、調理しながら、横目で気にしている。

とわ子、最後まで読むとノートを閉じ、俯く。

かごめ、え、面白くなかったのかと思い、おそるおそる近付き、とわ子の手からノートを取り返そうとすると、とわ子、がばっと顔を上げて。

とわ子「言いたかないけど、天才」
かごめ「（照れて）やめてよ、（すぐにおたまを突き上げ）よっしゃあ」
とわ子「漫画家になるの？」
かごめ、火を止め、リビングに行く。
付いて行くとわ子。
かごめ、キャリーバッグを開けながら。
かごめ「描き上がったらりぼん編集部に持って行く。空野みじん子、三十年目の再挑戦だよ」
開けたキャリーバッグの中にはケント紙や定規、ペンなど、漫画執筆道具が詰まっている。
とわ子、わあと思って、すぐに自分の手帳を開き、スケジュールを確認しはじめる。
とわ子「わたしはね……」
かごめ「あんたは関係ないよ」
とわ子「え、わたしも出来るよ。絵はもう描けないかもだけど、ベタ塗りしたり、集中線描いたり……」
かごめ「空野みじん子はもう二人じゃない。わたしひとりのソロプロジェクトになったの」
とわ子「わたしもやりたい」

かごめ「(首を振る)」

とわ子「何で」

かごめ「ジャンケンで一番弱いのが何か知ってる?」

とわ子「グー、チョキ、パー、みんな一緒でしょ」

かごめ「(首を振り)ジャンケンで一番弱いのは、ジャンケンのルールがわからない人」

とわ子「(あ、と)」

かごめ「わたしにはルールがわからないの。会社員も出来ない。要領が悪いっていってバイトもクビになる。みんなが当たり前に出来てることが出来ない。わたしから見たら、全員、山だよ。山、山、山、山。山に囲まれてるの。あなたは違うでしょ」

とわ子「わたしだって出来ないよ」

かごめ「社長出来てるじゃない。ジャンケン出来てるじゃない」

とわ子「つらいもん」

かごめ「でも出来てる。それはすごいことだよ。あなたみたいな人がいるってだけでね、あーわたしも社長になれるって、小さい女の子がイメージ出来るんだよ。わかる? いるといないとじゃ大違いなんだよ。それは、あなたがやらなきゃいけない仕事なの」

とわ子「……」

かごめ「わたしにはなんにもない。この年になって手に入ったのは長くて太い眉毛だけ。だから上手くいこうがいくまいが、やりたいことをやる。ひとりでやる」

かごめ、キャリーバッグを閉めはじめる。

とわ子「わたしもあんたを囲んでいる山なの?」

かごめ「(そうだねと微笑む)」

とわ子「……」

とわ子、かごめの手を押さえて。

とわ子「じゃあ、今晩だけ。今晩ひと晩だけ手伝わせて」

かごめ「（考えて）……ダメだな」

とわ子、ネームのノートを奪って逃げる。

かごめ「おい！」

×　×　×

回想、十歳の頃のとわ子とかごめ。

こたつで二人で漫画を描いている。

×　×　×

ダイニングテーブルで漫画を描くとわ子とかごめ。

枠線を描くとわ子、下書きをするかごめ。

かごめ「五条さんのことはね、残念だよ。好きだったしね、好きになってくれたと思うしね」

とわ子「うん」

かごめ「でも恋愛はしたくないんだよ」

二人、線を引き続けながら。

かごめ「この人好きだな、一緒にいたいなって思ってても、五条さんは男でしょ。わたしは女でしょ。どうしたって恋愛になっちゃう。それが残念。別に理由はないんだよ。恋が素敵なのは知ってる。きらきらっていう瞬間があるのも知ってる。手を繋いだり、一緒に暮らす喜びもわかる。ただただただただ、恋愛が邪魔。女と男の関係が面倒くさいの、わたしの人生にはいらないの。そういう考えがね、淋しいことは知ってるよ。実際たまに淋しい。でもやっぱり、ただただそれがわたしなんだよ」

とわ子「（小さく優しく）そ」

絵を描き続けるとわ子とかごめ。

40　レストラン『オペレッタ』・店内

テーブル席に早良と俊朗が座っていて、八作がワインを注いでいる。

カウンター席の慎森と鹿太郎、盗み見ていて。

慎森「（にやにやしながら）大変そうだな」

鹿太郎「（にやにやしながら）君、嬉しそうだね」

慎森「自分より大変そうな人見ると、ついほっとしてしまって」

鹿太郎「君もそう？　ほっとするよね」

慎森「救われます」

慎森と鹿太郎のスマホに着信があった。

慎森、見ると、翼からで、『今どこにいますか？』とあり、鹿太郎、見ると、美怜からで、『今どこにいますか？』とあった。

×　×　×

向こうに八作と早良と俊朗がいて、慎森の前には翼、鹿太郎の前には眼鏡をかけてキャップを被った美怜が来ている。

それぞれに話していて。

慎森「別の店にしようか」

翼「ここで大丈夫です」

鹿太郎「別の店にしましょうか」
美怜「ここで大丈夫」
　慎森、鹿太郎、同時におしぼりで顔を拭く。
　鹿太郎と美怜。
美怜「佐藤さんが言う通り、わたし、自分のプライベートでまで演じてたと思うんだよね」
鹿太郎「余計なこと言って……」
美怜「あなたがわたしの仮面を外してくれた……あ、今のも台詞ぽかったか（と、自嘲的に微笑う）」
鹿太郎「良かったです」
美怜「ただね、彼と過ごしてきた時間ってあるし、簡単には。だから、佐藤さん、彼に会って説得してくれない？」
鹿太郎「え……」
　慎森と翼。
翼「思い出した？　わたしが誰なのか」
慎森「……」
翼「思い出せない？　わたしは誰でしょう？」
慎森「……」
翼「思い出せないんだ……」
慎森「いや、思い出すっていう行為はね……」
翼「あなたはわたしから大切なものを奪ったんですよ」
慎森「え……」
　八作、早良、俊朗。
俊朗「夏になったらキャンプ行こうよ。あ、三人じゃ気遣うか。おまえ、夏までに彼女作れよ。四人で行こうよ」

八作「そうだね」

俊朗「(早良に) 誰か友達とかいない？　こういう奴好きになりそうな変わった子」

早良「(首を傾げる)」

俊朗「(八作に) おまえってどんな子がタイプだっけ」

八作「髪がロングで、顔はまあキツネ顔？　で、古風な、おとなしい子かな、あ、背は百五十センチくらい」

早良「(八作を横目に睨んで)」

俊朗「(早良に) そういう子いない？　四人で行こうよ」

早良「(首を振り) 行かない」

俊朗「キャンプ嫌い？」

早良「あのさ。俊朗くんには感謝してる。いつも優しくて、落ち込んでた時に笑わせてくれたし」

八作「(悪い予感がし) ……」

俊朗「好きな子には笑ってて欲しいからね」

早良「ありがとうね。楽しかった」

俊朗「どうしたの、急に」

早良「わたし、やっぱり……」

八作「(遮って) こんな子と付き合うのやめた方がいいよ」

俊朗「へ？」

早良「(八作を見据え) ……」

八作「俊朗にはこんな子よりもっといい子がいるよ」

俊朗「は？　何言ってんの？　え、ふざけてんの？」

八作「しょうもないさ、こんなやっすい女、どこがいいのかわかんねえわ」
俊朗「何言ってんだよ」
　俊朗、立ち上がろうとした時、席を立つ早良。
早良「（八作を見る）」
八作「（目を逸らす）」
　店を出て行く早良。
俊朗「早良ちゃん……（八作に）おまえ、どうしちゃったんだよ」
　俊朗、早良を追って店を出て行く。
　八作、立ち尽くして、……。
　異変に気付いた慎森と鹿太郎、八作の元に行き。
慎森「どうしたんですか？」
鹿太郎「どうしたの？」
八作「別に」
　八作、エプロンを外して店を出て行った。

41　ハイツ代々木八幡・大豆田家の部屋

　漫画を描いているとわ子とかごめ。
かごめ「（ふと手が止まって）神山町《かみやまちょう》の交差点のイメージなんだけどな。どんなだっけ」
とわ子「今、写真撮ってきたげるよ」

42　通り〜路地

　見回しながら走って来る八作。

早良を探している俊朗の姿を見つけ、駆け寄ろうとした時、横から腕を引っ張られた。
引っ張ったのは早良で、路地に引きずり込む。
戸惑う八作を抱きしめ、胸に顔を埋める早良。

早良「好きなんだよ」
八作「……」
早良「好きなんだよ」
早良、八作を摑んで引き寄せ、キスしようとする。
八作、顔を背《そむ》けて避けて。
八作「誰も好きにならないって決めてるから」
早良「え……」
八作「好きな人がいるから、好きになったらダメなんだよ」
早良「どういうこと？　結婚してた人？」
八作「……（無言で否定）」
早良「違うの？」
八作「僕が好きになった人は、恋はしないと決めてる人だった」
通りの方を歩いて来るとわ子。
早良「片思いの人。じゃ、あなた、他に片思いの人がいたのに別の人と結婚したってこと？」
八作「……」
写真を撮ろうとスマホを持って、通りの方を歩いて来るとわ子、路地にいる八作と早良には気付かない様子で通り過ぎて行った。
八作と早良もとわ子には気付かず。
早良「それが離婚の原因？」

八作「……（頷く）」

通りを歩いて行くとわ子、ふと立ち止まった。
実は気付いていたとわ子、振り返って路地を見る。
路面に落ちた二つの影が見える。
とわ子、カメラに向かって。

とわ子「大豆田とわ子と三人の元夫。また来週」

第4話終わり

第5話

1　回想、火葬場前の通り

喪服姿のとわ子がリュックに骨壺を入れている。

背負って、ちょっと見て、よしっと歩き出す。

2　回想、通り

風の強い中、歩いて来るとわ子。

通り沿いの家のベランダで、掛け布団を干している女性の姿が見える。

風が吹いて、目を閉じるとわ子。

目を開けると、頭上から飛んでくる布団が見えた。

とわ子のちょっと前に落ちた。

家のベランダの女性が慌てている。

とわ子、なんか思わず微笑って、背中のリュックに向かって言う。

とわ子「布団が吹っ飛んだよ（と、微笑む）」

布団を拾って、走って来た女性に手渡す。

3　回想、しろくまハウジング・オフィス

スーツに着替えたとわ子、集まっている社員たちに向かって社長就任のスピーチをしている。

とわ子「本日より代表取締役社長に就任いたしました大豆田とわ子です。みなさんと一緒にいい仕事をしていきたいと思っています……（首を傾げて）なんか新任の先生の挨拶みたいになっちゃいましたね」

笑う社員たち。

笑うとわ子の背後のデスクには骨壺の入ったリュックが置いてある。

4　**現在に戻って、しろくまハウジング・オフィス**

とわ子、頼知、悠介、羽根子、社員たちと、アートイベント「ラビリンス」の打ち合わせをしている。

N「さて、今週の大豆田とわ子」
とわ子「ヴイゲートさんにお見せする追加予算の資料って」
羽根子「それは松林さんが……」
カレンが慌てた様子でスマホを打ちながら来る。
カレン「ごめんなさい、遅くなりました」
ぼさぼさ気味の髪を結びながら書類を出すカレン。
とわ子「何かあった？」
カレン「いえ、家族がちょっとあれで、（書類を探りつつ）追加予算ですよね……」
とわ子「ちょっとあれって？」
カレン「いえ、母が体調悪くて。すいません、昨日ヴイゲートさんと話しまして……」
とわ子「松林さん、帰っていいよ」
カレン「いえ……（と、まだ書類を探して）」
とわ子「そういう日は会社来なくていいんだよ。お母さんのそばにいてあげて」
カレン「でも地盤調査の見積もりで擦り合わせが……」
とわ子「すぐに帰りなさい」

5　同・非常階段あたり

ひとりになってコーヒーを飲んでいるとわ子。

N「何かと思い出しがちな午後、ちょっと休憩する大豆田とわ子」

とわ子「（ぼんやりしていて、ついぐいっと飲んで）あっつ」

6　道路

打ち合わせに行こうとして歩いているとわ子と悠介。

悠介「声が大きい人ってうさんくさいじゃないですか」

とわ子「わかるけど、主張するところは主張しないと……」

後方から聞こえてくる声。

旺介の声「大豆田、大豆田旺介」

選挙カーが走って来て、助手席に乗った旺介がマイクで声を上げて広報活動をしている。

旺介「大豆田、大豆田旺介」

顔をしかめ、目を逸らすとわ子。

旺介「大豆田、大豆田……お」

旺介、とわ子に気付いて、手を振る。

とわ子、必死に目を逸らす。

旺介「みなさまの明るい未来を築く大豆田、あ、ありがとうございます、大豆田、大豆田旺介……」

走り去って行く。

とわ子「……主張するのはほどほどがいいね」

7　ハイツ代々木八幡・大豆田家の部屋（夜）

燃えるろうそくが四十一本も立ったケーキを持って入って来た旺介と幾子。逃げるとわ子。

とわ子「誕生日、まだ先なんだけど」

旺介「こっちの都合もあるからね（と、ケーキを持たせる）」

とわ子「（持たされて）誕生日って、そっちの都合でやるもの？」

過剰に燃え盛るろうそく。

×　　×　　×

テーブルを囲んで幾子が持って来た料理を食べているとわ子、唄、旺介、幾子。

刺身を食べるとわ子、うっとなって鼻をつまむ。

N「わさびを付け過ぎた大豆田とわ子」

とわ子、空《から》のグラスを持って台所に行こうとすると。

幾子「（唄に）お医者さんになるのはやめたの？」

唄「十八歳になったら結婚しようと思ってさ」

N「急に大事な話がはじまってしまった」

とわ子、席を立てなくなる。

唄「西園寺《さいおんじ》くんっていう病院持ってる家の子がいて、今その子と付き合ってる」

幾子「西園寺くん？」

旺介「お金の匂いがする苗字だね」

とわ子「（鼻をつまんで苦しみながら、旺介たちに不満）」

唄「わたしが医者にならなくても、西園寺くんは絶対に医者になれるからさ、その方が簡単だと思うんだよね」
とわ子「そうかな、自分でなった方が（と、むせる）」
旺介「医者は大変ですよ」
とわ子「大変だからこそ、自分で稼いで、自分の欲しいものを手に入れた時に嬉しいんじゃないか」
幾子「西園寺くんに買ってもらえばいいもんね」
唄「うん」
とわ子「そうじゃなくてさ……（むせて、鼻をつまんで）」
唄「泣かないでママ。大丈夫、わたしはわたしで考えがあるんだよ。三年後、結婚してこの家を出るから」
唄に拍手する旺介と幾子。
とわ子「……」

×　×　×

寝室のとわ子、もやもやしながら寝ようとしていたら、スマホが鳴った。
とわ子「（画面を見て、出て）はいはい」
かごめの声「あのさ、海行かない？　資料が必要でさ」
とわ子「行かない。海は爽やかそうに見えてベトベトするし、きらきらしてそうでフナムシいるし」

8　海沿いの道路

走る「わ」ナンバーの車の車内に、運転しているとわ子、助手席の窓から海に向かって叫んでいるかごめ。

かごめ「うーみー」
とわ子「（顔をしかめ、低く）うーみー」

9　海岸

車を停め、砂浜に駆け出すかごめ。
制汗スプレーを首、顔に吹き付けてむせながら追うとわ子。
とわ子「走ったら転ぶよ」
転ぶとわ子、かごめも転ぶ。

×　×　×

裸足になったかごめ、砂を踏んでいる。
スマホで撮影しているとわ子。
かごめ「（足跡を示し）ここここ、ここ撮って」
とわ子「最寄りの砂場で良かったんじゃない？」
かごめ「もっと低いアングルで、そうそう、もっと」
とわ子、地面に這って足跡を撮る。
とわ子「（スマホの画面を見せ）こう？」
かごめ「あー、違うな、全然違う、あっち行こう」
行くかごめ。
とわ子、砂の付いた口元を拭きながら。
とわ子「海は撮らなくていいの？」
かごめ「海はいらない」

とわ子「そっかー、いらないかー」

×　×　×

制服姿の中学生男女六人組が砂浜でドッジボールをしているのを眺めながら、串に刺さった焼きハマグリを食べているとわ子とかごめ。

N「せっかくだし、娘のことで相談に乗ってもらおうと思った」
とわ子「小さい時からお医者さんになりたいって言ってたのにさ」
かごめ「わたしね、きのこ鍋っていうのを食べたことがあって」
とわ子「うん」
N「きのこ鍋に例えてアドバイスしてくれるようだ」
かごめ「十五種類のきのこが入ってたんだけど、全部同じ味だったんだよね。ははは」
N「きのこの話でしかなかった」
とわ子「……わたしの人生が影響しちゃったのかなって」
かごめ「別に自分が原因で離婚したわけじゃないでしょ」
とわ子「うーん、でも最初の人はわたしにも原因がある」
かごめ「(食べながら) そうだっけ」
とわ子「この人にはわたし以外に好きな人がいるんだってわかったから」

10　レストラン『オペレッタ』・店内

雑巾を手にし、店内を拭き掃除している八作。

とわ子の声「忘れられない人がいるんだなって思ったから、家から追い出したんだよ」

唄が店に入って来て、おー、と。

11　海岸

話しているとわ子とかごめ。
とわ子「言い訳もしないし。元々そういうとこあったけど。彼の何も言わないところを好きになって、何も言わないところがつらくなって……ま、わたしも意地張ってたし、若さ故だね（と、自嘲的に微笑う）」
かごめ「（黙々と食べている）」
とわ子「あ、でもね、この間見ちゃったんだよね、奴のラブシーン。やっぱり相変わらずなんだよねー」
かごめ、ハマグリを口に詰め込んで。
かごめ「ま、色々あるよ。（中学生たちを見て）混ぜてもらお」
立ち上がるかごめ、中学生たちの方に行く。
とわ子「何でも色々で済ますよね」
顔のまわりがベトベトする。
N「案の定、海風でベトベトしながらはじまった今週、こんなことが起こった」

12　今週のダイジェスト

しろくまハウジングにて、社員たちがこそこそと話しているのを見つめるとわ子。
N「自分のサプライズパーティーが計画中であると知ってしまった大豆田とわ子」

×　×　×

整体治療院にて、足がつっている時にイベント会社の社長・門谷《かどや》からプロポーズされるとわ子。

N「足がつってる真っ最中にプロポーズされた大豆田とわ子」

×××

オペレッタで話しているとわ子と八作。

N「最初の夫の片思いの人を知った大豆田とわ子」

×××

とわ子が乗り込んで、走り去る門谷の車。

N「消えた大豆田とわ子」

13　海辺

顔の真横をドッジボールが飛び、ひきつるとわ子。

N「そんな今週の出来事を、今から詳しくお伝えします」

相手陣地にいるかごめが投げつけてきた。

とわ子、胸でキャッチし、猛然と駆け寄りながら、カメラに向かって。

とわ子「大豆田とわ子と三人の元夫」

○　タイトル

14　ハイツ代々木八幡・前の通り（夜）

とわ子とかごめ、撮った写真をタブレットで見ながら帰って来ると、唄をおんぶした八作が立っていた。

八作「寝ちゃった（と、ふらつく）」
とわ子「え、大丈夫？」
八作「うん……（と、ふらつく）」
かごめ「（手を添えてあげて支え、八作に挨拶し）やっほー」
八作「やっほー」

15　同・大豆田家の部屋

唄の部屋、とわ子に促され、唄を背負って入って来た八作、ベッドに寝かせる。
とわ子「重かったでしょ」
八作「重くなったね」
とわ子「（あーそうか、と八作を見て思って）」
八作「（部屋を見回し）ふーん」
とわ子、何か机の上から取って、八作に見せる。
八作、見ると、唄の通知表だ。
八作「（開いて、見て）わお、五しかないね」
通知表は破れていて、テープが貼ってある。
八作「（何で？）」
とわ子「備考欄見て」
八作「（読んで）協調性に欠けます。ご家庭の環境もございますが、しっかりとした教育をなさってください」
とわ子「（唄を示し）それで怒って破ったの。離婚は褒められたもんじゃない。だけど離婚より悪いのは他人の家庭に口出す奴だ、って。だから安心して、って」

八作「その話は全然」

とわ子「安心出来る話じゃないよね（と、微笑って）」

八作「（頷き、微笑って）」

部屋を出て行く八作。

とわ子「（唄の靴下を脱がして）ほら、足上げて」

八作、リビングに出ると、かごめが描きかけの漫画とタブレットの写真を見比べ、早速描き直している。

八作「何描いてるの？」

かごめ「（描きながら）うん？　うん……」

八作「何か手伝おうか？」

かごめ「（描きながら）うーん……」

八作「この間はコロッケありがとう」

答えず、描いているかごめ。

かごめの靴下には穴が開いている。

八作「（そんなかごめを見つめ）……」

八作、ふっと顔を上げると、とわ子が出て来ていて、ん？　という顔で八作のことを見ていた。

八作「（あ、と）……」

とわ子「寝た。ありがとう」

八作「うん」

とわ子「（かごめの靴下に気付き）ねえ、穴開いてるよ。すぐ、（視野が狭い仕草で）こうなっちゃうんだから」

かごめ「（描きながら）田中くんってコナチャタテに似てない？」

とわ子「何、コナチャタテって」
かごめ「古本の中に住んでる虫いるでしょ」
とわ子「(苦笑し、八作に) すごい言われ方だね」
八作「はは (と、微笑う)」
かごめ「さてと、帰るわ」
とわ子「(八作に) 家そっちの方だよ、送ってってたげて」
かごめ「大丈夫だよ」
とわ子「別れた夫婦を二人きりにしないで」

16　通り

歩いて来る八作とかごめ。
かごめ「(パーカーの紐を触りながら) ま、別れた夫婦じゃまた戦争起きるか」
八作「はは。あ、この向こうにさ、夜中までやってる古本屋さんがあって……」
かごめ「(紐が片方引っ込んでしまって) あ、抜けちゃった。じゃ、またね」
分かれ道の別方向に行こうとする。
八作「うち、近いの?」
かごめ「あれ」
高級そうな高層マンションを示す。
八作「そうなんだ (と、見上げる)」
視線を戻すと、後ろ手を振って去って行くかごめ。
八作「(見送って) ……」

17　しろくまハウジング・オフィス（日替わり）

慎森と六坊が丼ものの弁当を食べている。

慎森、食べながら、とわ子と、カレン、頼知が来客と会議しているのを見ている。

来客はイベント会社、ヴイゲートプランニング社の社長の門谷晴紀《はるき》（42歳）、部下の名倉有美《なぐらゆみ》、派手な髪色のアーティストのタク。

慎森「六坊さん、参加しなくていいんですか」
六坊「うちは長年住宅専門で、わたしにはアートイベントとやらはわかりませんからね」
慎森「アートイベント。あー、なんか暗いところで光るやつ」
六坊「まあ、先方は業界トップの企画屋さんですからね、設計部の若い連中は盛り上がってますよ」
会議の席では、企画書、図面、イメージ図が並んでおり、ネオンライトを使用したイベント「ラビリンス」の設計施工案件のようだ。
頼知「このらせん状のエスカレーターを降りていくことで、観客を迷宮に迷い込ませるイメージです」
門谷「素晴らしい」
カレン「では、らせん型エスカレーターの発注を進めますね」
頷く門谷たち。
門谷「御社の技術と我々ヴイゲートのアートで素晴らしい化学反応が起こると思います。しろくまさんにもビッグチャンスでしょう」
とわ子「ありがとうございます。正式な見積もり契約はいつにしましょうか」
門谷「スポンサーとの兼ね合いもあるんで、まずは走らせてください。（とわ子に握手の手を差し伸べ）よろしく」

とわ子「(握り返して)よろしくお願いします」
両社の社長で握手を交わす。
丼ものを食べながら、握手するとわ子と門谷を睨み見ている慎森。
慎森「握手って、武器は持ってないと示すためにはじまった慣習なんですよね。そもそも武器なんて持ってないのにやる必要あるんですかね」
六坊「ご飯粒付いてますよ(慎森の顎を示す)」
慎森「(取って、食べて)ああいう人はね、そのうち言ってくるんですよ。今度フットサルやりませんかって」
こっちに来るとわ子たち、門谷たち。
門谷「今度フットサルやりませんか」
とわ子「いいですね」
慎森、やっぱりな、と。
お弁当を用意し、慎森たちの後ろのテーブルに着くとわ子と門谷たち。
門谷「うちはバツーズっていうチームで」
とわ子「バツーズ」
門谷「実はわたし、離婚経験がありまして、そのバツです」
とわ子「なるほど」
門谷「しかも、三回離婚してまして」
とわ子「(え、と)」
門谷「お恥ずかしい。呆れてものも言えませんよね」
とわ子、気まずく、カレンと頼知、ひやひやして。
名倉「(とわ子に)門谷は自由な女性ばかり好きになるから、結果的に放り出されてるんです。おひとよしなんです」

とわ子「お相手の問題だったら仕方ないですよね」

慎森「（むっとして）」

門谷「いや、三回も離婚するなんて、愚か者です」

カレン「（とわ子を気にし）そんなことないと思いますよ」

とわ子「（言うべきなのか困惑して合わせて微笑って）」

慎森、容器を下げながら傍らを通って。

慎森「代わりに言ってあげましょうか」

とわ子「（睨んで見送って、門谷に）実はわたしも……」

１８　同・通路

帰る門谷たちを見送るとわ子。

門谷「これまでの離婚はすべてパラレルワールドでの出来事だと思ってます」

とわ子「ですよね、こっちの世界では関係ないですよね」

笑う二人。

背後に立っていた慎森。

Ｎ「パラレルワールドの人」

１９　同・通路〜オフィス

戻って来るとわ子と慎森。

慎森「ということは、どこかのパラレルワールドでは僕と君は結ばれてるのかな」

とわ子「どこのワールドでも離婚してると思いますよ」

とわ子、スマホを見ると、営業部のグループラインの中でメッセージが数件削除されており、末尾に悠介から「申し訳ありません。間違えました」とある。
とわ子、何だろう？　と。
カレンが来て。
カレン「社長、（スケジュールを見せ）この日って」
とわ子「そこは松林さんと打ち合わせ入ってるよね」
カレン「はい、確認でした。よろしくお願いします」
カレン、戻りながらスマホを打っている。
悠介、羽根子、多くの社員たちのスマホに着信があったらしく、手にして見ている。
とわ子「（まさか）……」
N「勘だけはいいので、察した」
慎森、とわ子を通路に引き戻して。
慎森「君、もうすぐ誕生日だよね。君のサプライズパーティーが計画されてるんじゃない？」
N「同じく勘だけはいい」
とわ子「（顔をしかめる）」
慎森「あーあ、サプライズパーティーに気付いてしまったか」
とわ子「別に、普通に嬉しいけど……」
慎森「え、サプライズに気付いてなかったお芝居出来るの？　ちゃんとびっくり出来なかったら、せっかく準備してくれたみなさんをがっかりさせてしまうよ？　あー怖い怖い、生きてて何が怖いって、サプライズパーティーが一番怖い」
とわ子「（どうしよう）」
N「その日から何も手に付かなくなった」

20　しろくまハウジング・オフィス（日替わり）

出社してきたとわ子、社員たちと挨拶を交わす。
社員のデスクに紙テープを輪にしたものがある。
目を逸らすとわ子。

N「何を見てもサプライズパーティーを意識してしまう」
社員がホワイトボードに、「HAPP」と書いている。
どきっとして目を逸らすとわ子。
しかし社員は「HAPPENING」と書いた。

N「気が重い。パーティーが怖い。恐るべきサプライズパーティーの呪い」
社員のふるまいすべてにびくびくしているとわ子。

21　ハイツ代々木八幡・大豆田家の部屋（夜）

とわ子、部屋に入ると、三角帽子を被った慎森と唄が拍手して。

慎森・唄「おめでとう」
驚いたふりをするとわ子。

とわ子「え、何何何？　え、どういうこと？　え、嘘でしょ嘘でしょ。え、まじで？　え、まじで？
わたしのために？　もーやめてよー……」
白けている慎森と唄。

唄「嘘くさいなあ」

慎森「君ほど芝居が下手な人間見たことない」

とわ子「出来るわけないじゃん、全然サプライズしてないのにサプライズなんて出来る？」

慎森「なら謝るしかないね、サプライズに気付いてしまってごめんなさいって」
とわ子「何、その理不尽な謝罪」
唄「もう一回行こうか」
とわ子、仕方なく出て行き、また戻って来ると、慎森と唄が拍手して。
慎森・唄「おめでとう」
とわ子「え、何何何？　え、どういうこと、え、どういうこと」

22　しろくまハウジング・オフィス（日替わり）

とわ子、カレン、頼知で設計図を見ながらの打ち合わせを終えた。
カレン「頼知さん、また資材調達、追加しました？」
頼知「先方の要求が新規でどんどん来るし、個々のレベルが高いんだよね」
カレン「まだ概算見積もり出てないんですよ」
頼知「いいものには金を出すって約束してくれたじゃん」
などと言いながら去る。
とわ子、書類に「祝」の文字があるのに気付く。
おそるおそる書類をずらすと、「祝日の納品対応」と続いていた。
息を吐き、どっと疲れていると、隣の門谷が。
門谷「お疲れのようですね」
とわ子「（微笑み）あの、資材調達もはじまってますし、そろそろ着工に向けて費用の確定をしたいのですが」
門谷「心配性ですね。良かったらお昼休みに軽くいかがですか（と、両手で何かを揉む仕草）」
とわ子「（揉む仕草を真似て、うん？　と）」

23 整体治療院・治療室

整体治療を受けるとわ子と門谷。
ごつい男性整体師と、細身の女性整体師がいて。
門谷「どちらの方が（いいですか）」
とわ子「（細身の女性整体師を）お願いします」

× × ×

女性整体師がかけ声をかけ、とわ子の体をねじる。
呻き声をあげるとわ子。
門谷は男性整体師からソフトな整体を受けていて。
門谷「大丈夫ですか？」
とわ子「どうでしょう……」
女性整体師「行くぞ」
とわ子「行くぞ？」
激しく体をねじられ、絶叫するとわ子。

× × ×

ぐったりしたとわ子と門谷が話している。
門谷、とわ子にお茶を注ぎながら。
門谷「結婚式に出たら、あんた縁起悪いから出来るだけ目立たないようにしてくれって言われたり」
とわ子「わかります」

門谷「人生設計なってないとか人として問題あるとか」
とわ子「言われます」
門谷「でも毎回恋をして、今度こそ上手くいくと信じて結婚してるんですよね」
とわ子「そうなんです、前向きなんです。ただ、何回やり直しても同じ結果なんですよね。ま、引きずらない性格が仇《あだ》になったとは言えますが……」
足がつったとわ子。
門谷「大豆田さん」
とわ子「(痛みながら)はい……」
門谷「結婚を前提としてお付き合いしませんか」
とわ子「はい(と思わず返事して)え?」
門谷「三度目の正直って言いますけど、僕は四度目があったら、それは運命だと思います。四度目はあなたがいいな」
とわ子「(痛みながら、首を傾げて)……」

24 通り

もやもやしながら歩いて来るとわ子。

短いスカートの若い女性とスーツ姿の天沢のカップルが腕をからめあっていて、来た(二人の顔はよく見えない)。

とわ子、なんとなく男を見て、二度見する。

えー、と思って、ものすごい勢いで覗き見る。

少し横顔の見える天沢、何だこの人? と。

すれ違って、歩いて行った。

とわ子、にやにやして何度も振り返る。

25　レストラン『オペレッタ』・店内（夜）

食事している慎森、鹿太郎、唄。
八作、料理を出しながら。
八作「大丈夫でしょ。飲食やってるとわかるけど、世の中のサプライズパーティーの半分は本人にバレてるよ」
鹿太郎「え、そんながさつなもの？　何でみんなやるの？」
慎森「計画が楽しいからでしょ。当事者関係ないんですよ」
唄「あとね、なんか今日社長さんからプロポーズされたって」
慎森、鹿太郎、八作、え、と停止する。

26　ハイツ代々木八幡・大豆田家の部屋

とわ子、仕事から帰って来たら、慎森と鹿太郎と八作が並んでソファーに座っている。
鹿太郎「いやね、（八作に）彼がどうしてもって言うもんだから」
慎森「（八作に）ね」
八作「（違うけど）はい」
とわ子「……何で三色？」
慎森「三色？」
慎森、鹿太郎、八作、お互いを見ると、微妙に赤、緑、黄色系の服を着ている。
鹿太郎「あ、本当だ、三色だ」
慎森「信号じゃないですか」

八作「それでさっき交差点で」
鹿太郎「あ、若者たちに指さされてたね」
慎森「それでかー」
八作「こんなことあるんですねー」
鹿太郎「押しボタン式かなー」
お互いをつんつんし合って、笑う三人。
とわ子「……残業で疲れてるんですけど」
鹿太郎「（自分の隣に）座る？」
とわ子「結構です」
慎森「詰めて詰めて」
とわ子「詰めないで結構です」
八作「そっちに詰めてください」
とわ子「どっちにも詰めなくていいです」
鹿太郎「真ん中に詰めてどうするの」
また笑う三人。
とわ子、顔をしかめて台所に行き、炊飯器を開ける。
慎森「お腹すいたの？　何か作ろうか？」
鹿太郎「僕が作るよ」
八作「三人で作りましょうか」
三人、行こうとすると。
とわ子「（睨む）」
三人、引き返して、小声で話しはじめる。

鹿太郎「怒ってるよね」
慎森「そりゃいきなり来られたら怒りますよ」
鹿太郎「君だって来てるじゃないの」
慎森「僕はあなたが来ようとしてたから止めに来たんです」
鹿太郎「止めようとしてた人間が我先にと歩く？　消防車が先に到着してから火事が起こる？」
慎森「僕、消防車じゃないですよ」
鹿太郎「それは知ってるよ」

支度をしながらむっとして三人を見ているとわ子。

とわ子「何しに来たの？」

慎森と鹿太郎、あ、と思って。

鹿太郎「君、聞きなさいよ」
慎森「僕は関心ないんで」
鹿太郎「関心ないのに何故ここにいるの？　君は欲しくもない福袋の行列に並ぶ人？」
慎森「（八作に）これ今福袋の行列ですか？」
八作「違います」
慎森「（鹿太郎に）違いますって」
鹿太郎「わかってるよ、福袋の行列だとは思ってないよ。（八作に）君、聞いてくれる？」
八作「（とわ子に）プロポーズされたの？」

慎森と鹿太郎、わ、聞いた！　と。

とわ子「（息をつき）されましたけど、それが何か？」
八作「（慎森と鹿太郎に）それが何かって」
鹿太郎「うん、聞こえた」

慎森「（とわ子に）その人って、最近仕事してる企画会社の社長かな」
とわ子「そうですけど」
慎森「三回離婚してる人だよね」
とわ子「三回離婚に何か問題でも？」
慎森「（鹿太郎に）問題はないですよね」
鹿太郎「問題はないね。ただ、最近知り合ったばかりでいきなりプロポーズってのはなあ」
慎森「焦るのはよくないですよね」
とわ子「相性が良ければいいんじゃないですか」
鹿太郎「相性良ければいいよね」
慎森「相性良ければいいですね。ただ、社長と社長が付き合うと、結婚じゃなくて合併って感じしますよね」
鹿太郎「合併はね、ドキドキしないもんね」
とわ子「仕事と家庭、分ければいいんじゃないですか」
慎森「分ければいいですよね」
鹿太郎「分ければいいよね。ただ、三回離婚してる者同士だと、四回目がしづらくて仮面大婦になる可能性あるよね」
慎森「仮面夫婦はよくない、ダメダメ」
とわ子、出来上がったお茶漬けを持って、リビングに行きながら。
とわ子「仮面夫婦になんかなりません。愛があれば」
慎森と鹿太郎、え!?　となって、とわ子の元に行く。
八作、何故か、あ、そうだ、と思って玄関に行く。
慎森と鹿太郎、お茶漬けを食べるとわ子に聞こえよがしに話す。

慎森「今や夫婦の三組にひと組は離婚してるらしいですよ」
鹿太郎「あ、そうなんだ」
慎森「三個食べて一個まずかったらそのお寿司屋さんにはもう行かないでしょ」
鹿太郎「確かに行かない。行くわけがない。大体さ、区役所の窓口の人だって忙しいしね」
慎森「窓口の人かわいそうですよね。仕事減らしてあげたいな」
　とわ子、お茶漬けをどんと置いて。
とわ子「言われなくてもわかってます。仕事相手のプロポーズなんて受けません。三回目同士だからとか、そこでひとくくりにしないで」
　慎森、鹿太郎、ぱっと笑顔になって。
鹿太郎「ありがとう」
とわ子「ありがとう？　お礼言われるおぼえないんだけど」
慎森「いい判断だと思うよ」
とわ子「あなたが良し悪しを決めないで。てゆうかさ、（鹿太郎を見て）今日女の子と歩いてたでしょ？」
鹿太郎「え？」
とわ子「とぼけちゃってー（と、鹿太郎を叩く）」
　すると八作が玄関から戻って来て。
八作「あのさ、これ、はい」
　八作、持って来たバッグから袋を出し、差し出す。
とわ子「え、何……（と、袋を開ける）」
八作「あげる」
鹿太郎「え、プレゼント？」

とわ子「嘘、まじで？　まじで？　わたしに？」
八作「（答えず）……」
とわ子、開けたらシンプルな靴下だった。
とわ子「わあ」
八作、ふと気付くと、慎森と鹿太郎が睨んでいる。
慎森「あなた、何、自分だけサプライズしてるんですか」
八作「ただの靴下ですよ」
鹿太郎「自分だけサプライズずるいぞ」
八作「靴下です」
とわ子「（靴下を見て）あ、二つある。あ、もう一個は唄のか」
八作「（違うけど）うん」
睨んでいる慎森と鹿太郎。
八作「靴下ですよ」

27　ビジネスホテル・ロビー

帰って来た慎森。
N「さて、ホテル暮らしの中村慎森」
フロント係が慎森を見て、鍵を置いて。
フロント係「おかえりなさいませ」
慎森、特に返事せず、小さく頷き、行く。

２８　同・廊下

エレベーターを降りて、廊下を進む慎森。

地味なユニフォームで、頭に三角巾を被った清掃員（実は翼）がカートを押しながら来て。


清掃員「おかえりなさいませ」

慎森、目を合わさず、小さく頷き、すれ違う。

慎森、部屋のドアを開け、起こさないでくださいの札をドアノブにかけ、閉める。

２９　同・部屋

ホテル用パジャマ姿の慎森、風呂に入ろうとして、下着などを用意している。

枕に折り鶴が置いてあり、摑んでごみ箱に捨てる。

風呂場に行って、バスタオルを取ろうとして、うっかりお湯の溜まった浴槽に落としてしまった。

慎森、あ、と。

×　×　×

慎森、ドアを開けると、清掃員が立っていて、バスタオルを差し出す。


清掃員「お待たせしました」

慎森、顔を見ずに受け取り、ドアを閉める。

閉まる瞬間、慎森の顔を見ている清掃員は翼だ。

慎森、バスタオルを置き、風呂に入ろうとして。

慎森「……うん？」

何かに気付き、スリッパで部屋を出る。
見回すと、廊下の先に清掃用のカートがあるだけ。
部屋に戻ろうとしたら、オートロックで開かない。

30 同・ロビー

パジャマとスリッパの慎森、フロントに誰もいないので、奥に声をかける。
慎森「すいませーん、鍵閉まっちゃって……」
その時、通路の方から現れる清掃員。
ふと顔を上げた清掃員は、翼だった。
目が合って、互いに、……。
慎森、歩み寄ると、翼、踵を返そうとする。
慎森「小谷翼さん（と、止める）」
翼、三角巾を取り、慎森を見て微笑む。
慎森「何をしてるの、そんな格好して。え、まさか君、僕の部屋に入り込んでたの？」
翼「違うよ、わたしが入ったんじゃなくて、あなたがわたしが働いてるホテルに来たんだよ」
慎森「え……？」
翼「わたし、二年前からここで働いてるから。あなたがここに泊まりはじめた時から普通に掃除してたから」
慎森「（混乱し）二年……？」
翼「そう、二年間毎日顔を合わせてた。わたし、そのたびに、いってらっしゃいませ、おかえりなさいませって挨拶してきたんだよ。おぼえてなかった？　見てなかった？　ふーん、誰が掃除してるかなんて関心なかったか」

慎森「……」
　その時、奥から出て来るフロント係。
フロント係「はい？」
　翼、顔を伏せて立ち去る。
慎森「（動揺していて）……」

31　**海浜公園**

　夜景を眺めるカップルがいる中、走って来る鹿太郎。
N「さて、急に呼び出された佐藤鹿太郎」
　待っていた美怜が飛び跳ねながら大きく手を振る。
美怜「こっちこっち！」
　周囲の通行人が美怜を見て、あ、と思っている。
鹿太郎「（周囲を見て）まずいですよ、顔、早く顔隠して」
　美怜、気にせず、鹿太郎と腕を組む。
鹿太郎「（周囲の視線を気にし）やばいですやばいです」
美怜「（歌って）♪　走り抜け　走り抜け」
鹿太郎「自分のドラマの主題歌歌うのやめてください」
美怜「♪　通り過ぎた～」

×　×　×

　縁石に座り、カップ麺を食べている鹿太郎と美怜。
鹿太郎「いいんですか、こんなので」

美怜「彼からね、連絡来なくなったよ。また別の若い子見つけたのかな」
鹿太郎「(とわ子から聞いているので)そうですか……」
美怜「十代でデビューして、今まで付き合ってきた人たち全員、俳優かモデルだったでしょ」
鹿太郎「あー……」
美怜「これからは普通の恋がしたいの(と、鹿太郎を見る)」
鹿太郎「あー、(え、と思って)恋?」
美怜「(鹿太郎を見つめ)うん、器の小さい恋がしたい」
鹿太郎「……」
見つめ合う。
鹿太郎、はっとして目を逸らし。
鹿太郎「あ、すいません、必要以上に目を合わせてしまって」
美怜「いいよ」
鹿太郎「いえ、古木美怜さんと三秒以上目を合わせるなんて。僕なんかチラ見で十分です」
美怜「(不満)……」
鹿太郎、ふと気付く。
通りにワンボックスカーが駐まっており、少し開いた窓から覗いているカメラの望遠レンズ。
鹿太郎、はっとして、駆け寄る。
しかし走り去るワンボックス。
鹿太郎「おい、待てよ」
美怜、来て。
鹿太郎「どうしよう、撮られたかも……」
美怜「わたしたちの最初の一枚だね(と、微笑う)」

鹿太郎「どうしよう、まずいな。まずいな、どうしよう」

美怜「まずくないよ、大丈夫だって（と、手を伸ばす）」

鹿太郎、その手を軽く振り払って距離を置き。

鹿太郎「あー参ったな。最悪だ。あー、何で気付かなかったんだ」

美怜「（そんな鹿太郎を見て）……」

32　レストラン『オペレッタ』・店内

店が閉まった後、俊朗が訪れており、八作と二人で飲んでいる。

N「さて、友達が会いに来た田中八作」

俊朗の話をじっと聞いている八作。

俊朗「やっぱおまえ、いい奴だな。おまえの言う通り、彼女は俺が付き合うような子じゃなかったんだと思う。あれきり連絡しても返事ないし、完全無視だよ。はじめはさ、おまえがあんなこと言うからだよって思ったけど、今の状況考えたらやっぱり他に誰かいるとしか思えない。おまえ、わかってたんだろ？　全部察した上で、気を遣ってくれてたんだよな。ありがとうな。ほんといい奴だな。やっぱり最高の友達だ」

返事しない八作。

俊朗「うん？　何だよ。泣き言言うなって？　ごめんごめん。悪かったな。帰るわ」

俊朗、立ち上がり、帰ろうとする。

八作「俺、彼女から好きだって言われた」

俊朗「……」

俊朗、また座って、微笑って。

俊朗「まじかー。いや、そんな考えも一瞬よぎったんだよ。でもまさかと思ってさ。まさかって……」

俊朗、ふいに真顔になって、八作の胸ぐらを摑む。
殴ろうとして拳を振り上げる。
逃げずに構えている八作。
俊朗、そのまま万歳して。

俊朗「参りましたー（と、微笑う）」

八作「……」

俊朗「ま、そりゃそうでしょ。俺とおまえといたらおまえ好きになるに決まってるよ。それでおまえ、どうしたの」

八作「断った」

俊朗「ふーん、かわいそうに。フラれちゃったんだ、あの子。何だよ。おまえ、ひとりなんだから彼女ぐらい作れよ」

八作「……」

俊朗「ま、でもあれか、結婚した時もそうだったもんな。他に片思いしてる子いるのに結婚しちゃったんだもんな。ずるいとこあるもんな（と、内心責めて、わざと言う）」

八作「……」

俊朗「今からでも遅くないんじゃないの、その子のところに行けば……（我に返って、苦笑し）ごめん」

荷物を手にし、黙って出て行く俊朗。

八作「……」

33　通り

帰る八作、ふと立ち止まり、見上げる。

先日かごめが教えてくれた高層マンションが見える。
見つめる八作、そっちに歩き出しかける。
しかしまた立ち止まり、苦笑して帰り道に戻る。

34 かごめのアパート・部屋（日替わり、朝）

原稿が部屋を横断する洗濯紐に吊るされている。
机に向かって漫画を描いているかごめ。
とわ子、タッパの料理や食材を冷蔵庫に入れている。
とわ子「ちゃんとあったためて食べてね。徹夜？　ちゃんと寝てるの？　またトイレのドア開けっぱなしだ」
とわ子、閉めに行く。
かごめ、ブラシで背中を叩いている。
とわ子「肩凝ってんの？」
かごめ「寝違えたのかな」
とわ子、かごめの背後に行き、マッサージする。
見ると、かごめの靴下はまた穴が開いている。
とわ子「（苦笑し）今日仕事終わったら、靴下買って来たげるよ」
かごめ「あーどうしよ、描き終わるのがもったいない」
とわ子「え、完成するの？」
かごめ「ここ来る途中にすごいマンションあるでしょ」
とわ子「あるね」
かごめ「この漫画で、多分あそこに住めると思うよ」

とわ子「おー。楽しみー」
かごめ「今晩、誕生日プレゼントで最初の読者にしてあげるよ」
とわ子「緊張してきた」
　とわ子、荷物を持って、吊るしてある漫画を見ながら。
とわ子「じゃ、また夜来るね、晩ご飯と靴下持って」
　出て行こうとすると。
かごめ「片っぽ抜けちゃったパーカーの紐って、どうやって戻したらいいんだろ」
とわ子「それは一回抜いて……夜やったげる」
　とわ子、後ろ手を振るかごめを微笑んで見ながら、部屋を出て行く。

35　しろくまハウジング・会議室

　話しているとわ子と門谷。
　とわ子、見積書を提示して説明していて。
とわ子「こちらの全フロアのライティング変更、それからこのご指示されたイタリア製の石ですね。これらで特に大きくコストがかさんでおりまして、トータルして」
　とわ子、見積書の五千万円ほどの追加分を示し。
とわ子「これだけの追加費用がかかることになりました。ご確認いただいた上で、こちらが契約書です」
　門谷は契約書を見もせず、微笑んでいる。
門谷「（微笑んでいる）」
とわ子「（うん？　と思って）何かお気づきの点がございましたら」
門谷「（微笑んでいて）お考えいただけましたか？」

門谷「僕の性分なんでしょうかね、あなたのようなかわいそうな人を見ると、放っとけないんですよ」
とわ子「(え？　と思って、察し)あ……あの、契約を」
門谷「僕はね、あなたをお守りしたいと思ってるんです」
とわ子「はい……？」
とわ子「……(微笑って)あれ。わたし、かわいそうですかね」
門谷「どうも、ダメな女性に惹かれるところがあるんですよね」
とわ子「(微笑みながら)わたし、ダメですか」
門谷「だって三回も離婚してるじゃないですか」
とわ子「(ははと笑って)それは門谷さんも」
門谷「僕の離婚三回とあなたの離婚三回は違うじゃないですか」
とわ子「(笑顔のまま固まって)そうなんですか」
門谷「僕にとって離婚は勲章みたいなものですけど、あなたにとっては傷でしょ。人生に失敗している。僕はそんな傷を丸ごと受け止めてあげようと思ってるんです。どうです、門谷とわ子になりませんか」
とわ子、ふつふつと沸き上がるものがありながら。
とわ子「……なるほど」
門谷「だからね……」
とわ子「でも、そうかな。離婚に勲章も傷もないと思うんですよね。そういう風に考えない方が門谷さんも幸せだと思います。確かに色々あっての結果ですけど、わたし自身今楽しくやってますし、なんだったらなかなか面白い人生だなって思ってます。別れた人たちだって幸せでいて欲しい。失敗なんてないんですよ。人生に失敗はあったって、失敗した人生なんてないと思います」

門谷「……」

とわ子「門谷さんもそんな風にお考えになった方が……」

門谷「手を差し伸べてくれた人間にお説教ですか。僕にだって男としてのプライドってものがありますからね、ショックだなあ」

とわ子「……」

N「何だこれは、ホラー映画か」

36 同・非常階段あたり

スマホを手にしていて、タップするとわ子。

N「ずっとカートに入れっぱなしで悩んでいた靴を買った大豆田とわ子」

ふうと息を吐いて。

N「よし、がんばろう」

しかしまたすぐにうなだれて。

N「いやまだ無理。無理無理無理無理」

ふと思うとわ子。

37 レストラン『オペレッタ』・店内（夕方）

緊張しながら覗き込むように入って来るとわ子。

八作がキャベツの段ボールを運ぶなどしていて。

八作「あー」

とわ子「あ、いたんだ」

八作「うん」
とわ子「いるかそりゃ、この店の人だし（と、微笑って）唄って、来てる？」
八作「いや、今日は」
とわ子「そっかそっか。（段ボールを見て）キャベツ？」
八作「キャベツ」
とわ子「へえ。あ、じゃ」
とわ子、出て行こうとすると。
八作「あ、美味しいお茶あるよ？　お茶博士に貰ったやつ」
とわ子「どうしようかな。誰、お茶博士って」

×　×　×

二人でお茶しているとわ子と八作。
八作「え、何その社長。おかしいでしょ。おかしいよ」
とわ子「いや別にそんなに怒ってるわけじゃないんだけど」
八作「人を侮辱してるよ。最低だよ」
とわ子「別にそんな怒ってないって」
八作「なんて会社の人？」
とわ子「いいって。何であなたが怒ってるの。珍しいね、そんな怒るの」
八作「当たり前でしょ。許せないよ」
八作、カップを乱暴に置き、お茶がこぼれた。
とわ子「あ。あーあ（と、ハンカチを出す）」
八作「あ、大丈夫（と、ハンカチを制して）」

八作、布巾を取りに行く。

とわ子「（そんな八作を見て）ありがとね」

八作「うん？　何？」

とわ子「ううん……あ、この間の靴下」

八作「あー……」

とわ子「びっくりした。何でかなって思って」

八作、テーブルを拭き、カップを片付ける。

八作「ま、なんか」

とわ子「なんとなく？」

八作「まあ、うん。ま、ただの靴下だから」

とわ子「ま、そっか。あ、かごめに一個あげても良かったか」

八作「……」

とわ子「もう唄にあげちゃったからな」

八作「うん、それがいい」

とわ子「それがいい？」

八作「うん？　いや……」

八作、少し離れて腰掛ける。

とわ子「変な人だね。わたしのまわりは変な人ばっかりだ」

八作「（え、ととわ子を見る）」

とわ子「いや、わたしはいたって普通」

八作「（首を傾げ）どうかな」

とわ子「なんか認識にずれがあるね。ま、ずれがあったから離婚したのか（と、冗談で微笑って）」

八作「（真顔で）それは……」
とわ子「（ふざけて）うん？　それは、何？　何ですか？」
八作「何でもないです」
　立ち、奥に行く八作。
とわ子「冗談だよ。この間ね、海行った時、その話になってさ」
八作「……」
とわ子「ま、今思えば若かったんだよねって」
八作「あれはそっちの勘違いだよ」
とわ子「勘違いじゃないよ。あなたに他に好きな人がいたからだよ」
八作「まだそういうこと言ってるの。いなかったし」
とわ子「いましたし」
八作「根拠なかったし」
とわ子「根拠なんかなくても夫の気持ちぐらいわかりますし」
八作「勘でしょ」
とわ子「そうだね。わたし、勘だけはいいから。目とかでわかる」
八作「目とか（と、苦笑）」
とわ子「この人には他に好きな人がいるんだ、わたしは二番目なんだ、って」
八作「二番目なんて考えてなかったよ」
とわ子「ま、そうだよ、好きっていうのは考えることじゃないもん、考える前にあることだもん」
八作「仮にそうだとして、いや仮にもないけど、それは浮気じゃないでしょ」
とわ子「浮気じゃないね。他の人が心の中に住んでるだけだから」
八作「小説の中の登場人物が好きっていうのと同じだよ」

とわ子「そうかな」
八作「現実的じゃないんだから」
とわ子「ま、それはそうかもしれないけど、今だったらそう思ってたと思うけど」
八作「ほら」
とわ子「二十六歳のわたしは嫌だったんだよ。許せなかったんだよ、夫の片思いが」
八作「……こういう話やめようよ。結局喧嘩みたいになるから」
とわ子「一回、こういう話、したかったんだよ」
八作「何で」
とわ子「あなたから子供を奪って、子供から父親を奪ってるからだよ」
八作「……」
とわ子「そういうことは思ってるんだよ、常々」
八作「常々思わなくていいよ」
とわ子「ごめんね」
八作「何を謝ってるの」
とわ子「すごい泣いてたし」
八作「自分だって」
　微笑う二人。
とわ子「ほらね、喧嘩みたいになってないでしょ」
八作「はいはい」
とわ子「その人とはその後どうなったの」
八作「そんな人いないって」
とわ子「今更なんだから教えたって……」

とわ子のスマホが鳴った。

とわ子「(画面を見て) かごめだ」

八作「(驚き) ……」

とわ子「あ、切れた (と、苦笑して、八作を見る)」

八作「……」

とわ子「(八作の表情を見て) うん?」

さらっと背を向ける八作。

とわ子「かけ直して来る。あ、そうだ、靴下……」

とわ子、スマホを持って店を出て行く。

八作「……」

ちょっとしてドアが開き、戻って来たとわ子。

とわ子「(八作を見て) ……この間の靴下ってさ」

八作「……」

とわ子「そういうこと?」

八作「……」

とわ子「そういうことで……そういうこと?」

八作「……」

とわ子「……あーそっかー、そかそか。(微笑って) それはサプライズだな。全然勘よくないな、わたし」

八作「(言い訳しようとする)」

とわ子「わかった。状況は把握した」

とわ子、荷物を持って。

とわ子「持ち帰って整理いたします」
会釈し、出て行くとわ子。
八作「……」

38　しろくまハウジング・通路〜オフィス（夜）

戻って来たとわ子、スマホでかごめの番号を表示させ、かけようとする。
しかしやっぱりかける気になれず、しまう。
オフィスに入った瞬間、照明が消えた。
とわ子「え……」
暗闇の中から、デコレーションケーキを持ったカレンと悠介が現れた。
とわ子、！　と驚く。
カレン「せーの」
その場にいた社員全員が歌い出そうとした時。
背後からスマホを持った頼知が来て、照明を点けた。
頼知「今ヴイゲートから連絡があって、追加予算は一切認められないって」
とわ子、全員、！　と。
頼知「予算内におさめなければ契約は破棄するそうです」
悠介「予算以上のレベルを求めてきたからじゃないですか」
カレン「もう資材の発注は済んでるんですよ。損失が……」
羽根子「一億いきますね」
とわ子「（動揺し）……」

39　レストラン『オペレッタ』・店内

カウンター席にて、何やら悩んでいる慎森と鹿太郎。

潤平「美味しくなかったですか？」

慎森・鹿太郎「色々とね」

潤平「(気圧されて) すいません……」

唄が入って来た。

× × ×

話している慎森、鹿太郎、唄。

鹿太郎「何、その取引先。誕生日だっていうのに」

唄「ま、しょうがないね。自分で自分慰めるのは得意だから」

慎森「それはどうかな」

唄「うん？」

慎森「人を傷付けるのって他人だから、慰めてもらうのも他人じゃないと」

鹿太郎「あー。いいこと言うね」

慎森「いいことは言いますよ。ただそれを実戦出来ないだけで」

鹿太郎「わかるわ。じゃ、実戦しよう」

慎森「どういう実戦ですか」

鹿太郎「心が癒されるような、そんな元夫パーティーを開くのさ」

慎森「なるほど。問題は元夫パーティーが嬉しい元妻がいるかどうかですね」

鹿太郎「あー。ま、いないとしてもだよ」

×　×　×

唄、スマホで動画を撮影しようとしている。
三角帽子を被って映っている慎森と鹿太郎。
八作は向こうにいて。

鹿太郎「君もこっち来なさいよ」
結構ですと八作。

唄「はい、行くよ。せーの」
慎森と鹿太郎、ずれながら歌いはじめる。

慎森・鹿太郎「♪　ハッピーバー……」

唄「はい、もう一回」

40　門谷の会社の前

走って来るとわ子。
中に入ろうとすると、脇に高級車が停まった。
運転席に、門谷。
とわ子、運転席の門谷の元に駆け寄る。

とわ子「門谷さん」

門谷「あー、どうしました（と、白々しく）」

とわ子「追加予算のことでもう一度お話しさせてください」

門谷「あれ、ご自分はわたしの話を拒絶したくせに」

とわ子「あれは仕事のこととは関係ありませんよね」

門谷「僕はね、人と人との付き合いを大事にしてるんです」
　門谷、車を出そうとする。
とわ子「門谷さん」
門谷「（微笑み）話がおありなら、乗ってください」
とわ子「（え、と躊躇して）」
門谷「どうします？」
　とわ子、迷うが、助手席に回って、乗り込む。
とわ子「失礼します」
　門谷が車を出した。
　助手席のとわ子の不安そうな表情に歌声が重なって。
慎森と鹿太郎の声「♪　ハッピーバースデートゥーユー　ハッピーバースデートゥーユー」

41　レストラン『オペレッタ』・店内

　唄が撮影している中、歌っている慎森と鹿太郎。
慎森と鹿太郎「ハッピーバースデーディアとわ子　ハッピーバースデートゥーユー」
　歌い終わって拍手して、二人、かしこまって。
慎森「えー、お誕生日おめでとうございます。えー、（隣の鹿太郎が気になって）ちょっと向こう行っててて。えー、まあ、君は照れてたけど、社長がね、社員からお祝いしてもらえるなんて、すごく素敵なことだと思います。これからもいい仕事していきましょう。がんばろう」

×　×　×

　唄にスマホを向けられた鹿太郎。

鹿太郎「（咳払いし）おめでとうございます。四十一歳。最初はね、社長業、遠慮してたみたいだけど、どんどんチャレンジしてて。さすがとわ子ちゃんだなって思います。これからも突き進んでください。前進あるのみ！」

× × ×

唄、カウンターにいる八作にスマホを向ける。

八作「俺はいいよ」
唄「回ってるよ」
八作「……えー、お誕生日おめでとうございます。えー。なんだろ。うーん……色々、うん。上手く言えないな……まあ、そうだね。はじめて会ってから、随分経つけど、大豆田とわ子はずっと最高です。（自嘲的に微笑って）もういいんじゃないかな？」

42　しろくまハウジング・オフィス

集まっているカレン、頼知、悠介、羽根子。
カレンはスマホでかけていたが、切って、出ませんねと首を振る。

羽根子「話し合いが難航してるんでしょうか」
悠介「にしたって、そろそろ連絡ぐらい来たって」
カレン「何かあったのかな」
頼知「何かって？」
物音が聞こえ、見ると、六坊が作業をしている。
悠介「六坊さん？」
六坊「社長の指示で動くのは現場じゃありません。現場は作業完了の日に向かって動くんです」

動きはじめる一同。
空いているとわ子のデスク。

43　レストラン『オペレッタ』・店内

毛布がかけられ、カウンターに伏して寝ていた唄、目を覚ます。
スマホを手にして見ると、着信はない。
慎森、鹿太郎が傍にいて。
唄「電話鳴った？」
鹿太郎「（首を振って）長引いてんのかな」
慎森「とりあえず家に帰ったら？　送ってくよ」
鹿太郎「じゃ、僕も」
席を立つ三人。
八作、三人の元に行こうとすると、ドアが開いた。
全員、とわ子か？　と見ると、早良だった。
八作「……」

44　ハイツ代々木八幡・大豆田家の部屋

入って来た慎森、鹿太郎、唄、照明を点ける。
とわ子はいない。
三人、うーん、と。

45　レストラン『オペレッタ』・店の前〜店内

戻って来た慎森と鹿太郎。

鹿太郎「まさかだけど、まさか事故ってことはないよね」

慎森「変なこと言わないでください。事故とか、事件に巻き込まれたとかあるわけないじゃないですか」

鹿太郎「事件？　変なこと言わないでよ」

二人、店内に入ろうとすると、先に向こうから八作が開けて。

八作「あ」

鹿太郎「どうしたの？」

慎森「戻って来ました？」

三人、店内を見る。

各席に、早良がいて、美怜がいて、翼がいる。

慎森、鹿太郎、八作、……。

N「消えた大豆田とわ子と三人の元夫。また来週」

第5話終わり

【番組制作主要スタッフ】

脚本：坂元裕二
演出：中江和仁
　　　池田千尋
　　　瀧悠輔
音楽：坂東祐大
プロデューサー：佐野亜裕美
制作著作：カンテレ

JASRAC 出 2103756-102

坂元裕二（さかもと・ゆうじ）

脚本家。主な作品に、日本テレビ系「Mother」（第19回橋田賞）
「Woman」（日本民間放送連盟賞最優秀）、「anone」、
フジテレビ系「東京ラブストーリー」「わたしたちの教科書」（第26回向田邦子賞）
「それでも、生きてゆく」（芸術選奨新人賞）「最高の離婚」（日本民間放送連盟賞最優秀）
「問題のあるレストラン」「いつかこの恋を思い出してきっと泣いてしまう」、
TBS系「カルテット」（第54回ギャラクシー賞 テレビ部門 優秀賞）、
映画『花束みたいな恋をした』など。

大豆田とわ子と三人の元夫 1

二〇二一年六月三〇日　初版発行
二〇二一年八月三〇日　3刷発行

著者　坂元裕二
発行者　小野寺優
発行所　株式会社河出書房新社
〒一五一-〇〇五一
東京都渋谷区千駄ヶ谷二-三二-二
電話　〇三-三四〇四-一二〇一［営業］
〇三-三四〇四-八六一一［編集］
https://www.kawade.co.jp/
組版　株式会社キャップス
印刷・製本　三松堂株式会社

Printed in Japan
ISBN978-4-309-02969-6